U0369847

天津市重点出版扶持项目

津沽名家文库(第一辑)

红楼梦人物谱

朱一玄 著

南开大学出版社

天 津

图书在版编目(CIP)数据

红楼梦人物谱 / 朱一玄著. —天津：南开大学出版社，2019.4(2022.9重印)

（津沽名家文库. 第一辑）

ISBN 978-7-310-05776-4

Ⅰ. ①红… Ⅱ. ①朱… Ⅲ. ①《红楼梦》人物—人物研究 Ⅳ. ①I207.411

中国版本图书馆 CIP 数据核字(2019)第 059585 号

红楼梦人物谱

HONGLOUMENG RENWU PU

南开大学出版社出版发行

出版人：陈　敬

地址：天津市南开区卫津路 94 号　邮政编码：300071

营销部电话：(022)23508339　营销部传真：(022)23508542

https://nkup.nankai.edu.cn

天津创先河普业印刷有限公司印刷　全国各地新华书店经销

2019 年 4 月第 1 版　2022 年 9 月第 3 次印刷

210×148 毫米　32 开本　7.125 印张　8 插页　168 千字

定价：56.00 元

如遇图书印装质量问题,请与本社营销部联系调换,电话：(022)23508339

朱一玄先生(1912—2011)

《〈录鬼簿〉中历史剧探源》评介

朱一玄

《录鬼簿》为元代戏曲家钟嗣成所作，是记叙元杂剧的重要文献。嗣后，贾仲明作了《续编》，也是研究元末明初北曲杂剧发展的不可多得的史料。然而此二书仅罗列了作家简略生平和宗目，未作详细深述。为了解决这一问题，刘靖之同志不畏艰难，广取博采，用了几年的时间，终于写成《〈录鬼簿〉中历史剧探源》一书，已由南开大学出版社出版。

这部书大体上分作者介绍、剧情评介、源流演变、史实与虚构的考析、思想艺术评介、版本宗目、本事资料几部分。书后有附录，剧目选目《脉望馆抄校本古今杂剧》、《元曲选》及《也是园书目》，可算作《录鬼簿》的补编，其作用不在正编之下。

读过全书，我觉得它是对《录鬼簿》的重要补充，真而开创性。原书简略，刘者博采众家之说，本以求实精神，对元杂剧历史剧目皆

朱一玄先生手迹

出版说明

　　津沽大地，物华天宝，人才辈出，人文称盛。

　　津沽有独特之历史，优良之学风。自近代以来，中西交流，古今融合，天津开风气之先，学术亦渐成规模。中华人民共和国成立后，高校院系调整，学科重组，南北学人汇聚天津，成一时之盛。诸多学人以学术为生命，孜孜矻矻，埋首著述，成果丰硕，蔚为大观。

　　为全面反映中华人民共和国成立以来天津学术发展的面貌及成果，我们决定编辑出版"津沽名家文库"。文库的作者均为某个领域具有代表性的人物，在学术界具有广泛的影响，所收录的著作或集大成，或开先河，或启新篇，至今仍葆有强大的生命力。尤其是随着时间的推移，这些论著的价值已经从单纯的学术层面生发出新的内涵，其中蕴含的创新思想、治学精神，比学术本身意义更为丰富，也更具普遍性，因而更值得研究与纪念。就学术本身而论，这些人文社科领域常研常新的题目，这些可以回答当今社会大众所关注话题的观点，又何尝不具有永恒的价值，为人类认识世界的道路点亮了一盏盏明灯。

　　这些著作首版主要集中在 20 世纪 50 年代至 90 年代，出版后在学界引起了强烈反响，然而由于多种原因，近几十年来多未曾再版，既为学林憾事，亦有薪火难传之虞。在当前坚定文化自信、倡导学术创新、建设学习强国的背景下，对经典学术著作的回顾与整理就显得尤为迫切。

本次出版的"津沽名家文库（第一辑）"包含哲学、语言学、文学、历史学、经济学五个学科的名家著作，既有鲜明的学科特征，又体现出学科之间的交叉互通，同时具有向社会大众传播的可读性。具体书目包括温公颐《中国古代逻辑史》、马汉麟《古代汉语读本》、刘叔新《词汇学和词典学问题研究》、顾随《顾随文集》、朱维之《中国文艺思潮史稿》、雷石榆《日本文学简史》、朱一玄《红楼梦人物谱》、王达津《唐诗丛考》、刘叶秋《古典小说笔记论丛》、雷海宗《西洋文化史纲要》、王玉哲《中国上古史纲》、杨志玖《马可·波罗在中国》、杨翼骧《秦汉史纲要》、漆侠《宋代经济史》、来新夏《古籍整理讲义》、刘泽华《先秦政治思想史》、季陶达《英国古典政治经济学》、石毓符《中国货币金融史略》、杨敬年《西方发展经济学概论》、王亘坚《经济杠杆论》等共二十种。

需要说明的是，随着时代的发展、知识的更新和学科的进步，某些领域已经有了新的发现和认识，对于著作中的部分观点还需在阅读中辩证看待。同时，由于出版年代的局限，原书在用词用语、标点使用、行文体例等方面有不符合当前规范要求的地方。本次影印出版本着尊重原著原貌、保存原版本完整性的原则，除对个别问题做了技术性处理外，一律遵从原文，未予更动；为优化版本价值，订正和弥补了原书中因排版印刷问题造成的错漏。

本次出版，我们特别约请了各相关领域的知名学者为每部著作撰写导读文章，介绍作者的生平、学术建树及著作的内容、特点和价值，以使读者了解背景、源流、思路、结构，从而更好地理解原作、获得启发。在此，我们对拨冗惠赐导读文章的各位学者致以最诚挚的感谢。

同时，我们铭感于作者家属对本丛书的大力支持，他们积极创造条件，帮助我们搜集资料、推荐导读作者，使本丛书得以顺利问世。

最后，感谢天津市重点出版扶持项目领导小组的关心支持。希望本丛书能不负所望，为彰显天津的学术文化地位、推动天津学术研究的深入发展做出贡献，为繁荣中国特色哲学社会科学做出贡献。

南开大学出版社

2019 年 4 月

《红楼梦人物谱》导读

宁宗一　石钟扬

朱一玄先生（1912—2011）是中国小说史料学大师，他数十年如一日，锐意穷搜，辛勤笔耕，在一个相当贫瘠的基地上筑起一座中国小说史料的"长城"。他以严谨的学风、超人的毅力在中国小说史料领域建立了完备的"朱氏体系"。他对矫正当代学界相当严重的浮躁之风，对推动中国小说研究做出了独特的贡献，饮誉海内外。

一

朱一玄先生是带着辛亥革命的余温呱呱落地的。在近一百年的生命历程中，他横跨了五个时代，从中华民国到中华人民共和国的改革开放，"花开花落无间断，春来春去不相关"。朱先生在人生旅途中行走着，成长着，也成熟着，在他身后留下的一道道踪迹，有深有浅，汇聚起来，竟是一部大书。我们看到，朱先生始终如一地坚持着自己迂回曲折的学术生涯，百年奋进，令人尊崇。

朱先生可不是中华"文曲星"，也并非什么奇才异响、绝世逸群的国学大师，他只是一位既平凡又伟大的人民教师。因为他把毕生之精力奉献给了教育事业，奉献给了南开大学中文系和他始终心系的小说戏曲研究室。

我们当学生时，先后听过朱先生的两门课，一门是中国文学史明清段的长篇小说，另一门是专题课《水浒传》研究。文学史部分，明代的"四大奇书"朱先生讲得最为详尽，在学生关注的《金瓶梅》评价上，朱先生以惯有的严谨态度对这部小说做了肯定的评价，给我们的印象最深。作为后话，1976年至1978年南开大学中文系编著的《中国小说史简编》中的"金瓶梅"一节，在谁都不愿写、也不敢写的情况下，就是请朱先生执笔写就的。

而真正给朱先生招灾惹祸的是他讲的《水浒传》。1958年"院系调整"后，南开大学中文系在各大院校中率先开了很多门专题课，这些课多是讲授者在多年研究心得的基础上开设的，当时就有李笠先生的"杜甫诗论"、华粹深先生的"红楼解读"等。为什么朱先生讲《水浒传》偏偏惹下了大祸呢？原因其实很简单，中华人民共和国成立初期，特别强调农民起义的历史作用，所以也就径自把《水浒传》定位为农民起义的史诗，而且认为这是一个不可动摇的定位。可是就在1953年，朱先生却论证《水浒传》是写市民反抗斗争的小说，提出了"市民说"。当时我们这些学生也就这么听下来了，有好几位同学还是力挺朱先生的观点的，因为朱先生用细化的阶级分析方法，对小说中三十六头目的出身一一做了极其详尽的分析，从而得出"市民说"的结论。今天看来，"市民说"可以说是先生的独立思考和探索精神的表征。但万万没想到，这么一个"市民说"竟然成为四年后反右派斗争时期先生的一条大罪状。这真是一个不可思议的奇闻。朱先生被错划成"右派"的几年后，也许是因为证据不足，摘掉了"右派分子"的帽子，而到了"文化大革命"时，先生仍然被当作"摘帽右派"被批判。

"文化大革命"结束后，饱尝苦难的朱先生终于迎来了学术的春天。1979 年初，在朱维之先生执掌系务工作时，南开大学中文系古典小说戏曲研究室正式挂牌。毫不夸张地说，研究室的成立不啻赋予了朱一玄先生的第二次学术生命。他在《〈水浒传〉资料汇编》以后的一系列著作，都是从这个时候开始陆续完成的。同时，我们也真切地看到先生进入了一个新的人生境界，学术追求正是在这个时期酣畅淋漓地得到了实现。

先生终于回归到了一代学人的原点，履行的只是学人的学术使命。他善于容忍文化的多样性和治学的多元化。他沉潜于他的小说资料钩稽与梳理中，并做出理性的判断。朱先生真的在痛定思痛后悟出了生存哲学，摸到了治学要穴。他艰难地寻找到了他个人的生存缝隙，坚持学术与人性的渗透，并努力拓宽个人的学术空间，在寂寞中获得了最高的欢乐。之后的一切验证了朱先生这条探索之路的成功。他没有丧失一个学者的可贵良知，在变数极大的现实中，坚守住了学术（小说资料研究）之中恒定的东西。在朱先生那数十本小说史料和说唱集中，包孕了多少人性的光辉和数十年辛苦得来的丰硕成果。

二

当代中国搜集中国小说史料用力之勤如朱一玄先生者，或许没有第二人。中国小说史料编著取材之丰、断制之精、使用之便，如朱编者或许没有第二种。中国小说研究有成就的学者几乎没有几人没翻过或得益于朱编小说史料的。

朱先生所编撰之中国小说史料方面的著作总共有三十部，已逾一千万字。这些著作由中国小说名著到一般作品，由专书到专题，到综合，再到外围，几乎构造出一套中国小说研究之百科全书的体系。

朱先生主治中国古代小说，并与之结下不解之缘，是自1946年应聘南开大学中文系的第二年开设选修课"小说戏曲选"开始的。20世纪50年代初期，朱先生由教中国古典文学转而专教明清小说，并开设了《水浒传》专题讲授课。为提高学生的科研能力，他从政书、类书、史书、方志、笔记、杂著、书目及别集等各类古籍文献中，爬罗剔抉，分门别类，编成《水浒传参考资料》。1964年，他在此基础上与刘毓忱合作，编成《水浒传资料汇编》，交百花文艺出版社。此书1965年排出清样，中经"文化大革命"，直到1981年才修订定型出版。从动手编写到修订定型，本书在体例上经过了漫长的摸索过程。从开始的单篇资料的汇编，到后来的以主题分编（即一篇资料按其功能的差异分割成若干片段，分别编入相应的类别），是逐步完善的。各条资料的标题，开始时或用书名，或用篇名，没有统一的体例，后来改为对史籍和笔记采用书名，对诗文则标出题目并在其末尾注明在书中的位置。分编后，各编的标题一开始文字较多，如：本事编，原标为"《水浒传》成书以前有关宋江等人的历史记载和文艺作品"；作者编，原标为"施耐庵和罗贯中的资料"；版本编，原标为"各种版本的资料"；评论编，原标为"明、清、近代名家的评论"；注释编，原标为"清程穆衡《水浒传注略》等几家注释"；影响编，原标为"《水浒传》的影响"。经过仔细斟酌，特别是分析了中华书局《古典文学研究资料汇编·红楼梦卷》的分类法（其除卷一为作者材料外，其余均为按资料的文体分卷）之后，朱先生认为与其按文体分类，不如按用途与内容分类，读者使用起来更方便。他修订《水浒传资料汇编》时，在北京图书馆善本阅览室结识了正在修订已由中华书局内部出版的《水浒资料汇编》的马蹄疾，同气相求，相互切磋，共同商定，朱编《水浒传资料汇编》简化分编标题文字，分为"本事编""作者编""版本编""评论编""注释编""影响编"。鉴于有关《水浒传》的研究资料非常丰富，书中对于少数价值不大或重复过多的资料未予收录，但为了给使用者提供寻找这些资料的线索，在有关资料下设"编者注"，尽量写出这些资料的篇名和出处。朱先生在长期的摸索与实践中，深知编辑小说史料，最关键的工作在于建立完善的体例。《水浒传资料汇编》的编订，已基本确定了他日后不断完善的小说史料编纂体例。他编写《水浒传资料汇编》时，也顺便搜集了一些有关《三国演义》等其他几部古典小说的资料。百花文艺出版社有继续出版其他古典小说资料的兴趣，1965年朱先生便与该社商定编纂"古典小说资料丛刊"。一直到1977年，虽经"文革"之厄，百花文艺出版社社长林呐仍认定此项目可行。但1981年以后，由于出版社必须在经济效益中求生存，出版丛书的计划不得不中止，但那基本定型的中国小说史料的体例与建设中国小说史料丛刊系列的宏愿，却极大地激励着朱先生去辛勤笔耕。他夜以继日，无间寒暑，时刻不忘编纂成体系的古典小说资料书与工具书的理想。

朱先生所编小说史料著作，分为专书资料、专题资料、综合型资料等多种类型，是一个不断延伸、不断补充的结构体系。其起步于专书资料，而以专题资料辅之，继而以综合型资料拓展范围。开始是《水浒传资料汇编》、《三国演义资料汇编》、《西游记资料汇编》（以上三种均与刘毓忱合编）、《金瓶梅资料汇编》、《聊斋志异资料汇编》、《儒林外史资料汇编》（与刘毓忱合编）、《红楼梦资料汇编》等七部专书资料。接着又编写《古典小说版本资料选编》（外三种：《古典小说资料书序跋选编》《金瓶梅词话人物表》《儒林外史人物表》）、《红楼梦人物谱》、《红楼梦脂评校录》、《三国志通俗演义故事编年》、《水浒传故事编年》、《金瓶梅词话故事编年》、《儒林外史故事编年》等十部专题资料。以后又推出以时以时代划分的《明清小说资料选编》这一综合型的小说资料。因专书资料只以明清小说中的几部经典名著为对象，而综合型资料则共包括明初至清末二百八十一种小说的资料，其中有相当数量的二三流小说从未有人问津过。此为朱编结构之核心层次。

随后，朱先生又编了有关中国小说的辞典与书目。《聊斋志异辞典》（与耿廉枫、盛伟合编）、《中国神怪小说鉴赏辞典》（与陈桂声共同主编）、《中国古典小说大辞典》（与刘叶秋、张守谦、姜东赋共同主编）、《中国古代小说总目提要》（与宁稼雨、陈桂声合编）等著作仍属小说史料的范畴，只是与前述"资料汇编"在形式上稍有不同。

朱先生另外还编撰了《古典小说戏曲书目》（与董泽云、刘建岱合编）、《元明文学史参考资料》（与陈桂声合编）、《文史工具书手册》（与陈桂声、李士金合编）等三部著作，编撰的范围又有所扩展。

朱编中国小说辞典，包含了专书和全方位的大辞典。其中与刘叶秋等先生合编的《中国古典小说大辞典》收录了自秦汉至中华民国初期的文言小说、自唐五代至清的话本小说、自明初至中华民国初期的章回小说（包括其评论、版本、丛书、期刊、研究著作乃至研究机构），正文之后尚有《中国古典小说在国外》《中国古典小说同书异名录》等八种附录，辅以《中国古代小说总目提要》，几乎"一网打尽"中国文言、白话小说，囊括了迄今所有中国小说书目（包括新发现的），成为集大成之巨著。此为朱编结构之第二层次。

中国小说之近邻为戏曲，二者内容与创作方法之相辅相成，是中国文学的一大特点，朱编因而有可称为小说戏曲书目之合璧的《古典小说戏曲书目》。这是第一部介绍中华人民共和国成立以来有关古典小说、戏曲作品与研究论著出版情况的专用工具书，全书收录书目四千余种，便于研究者找到中国古典小说、戏曲之最新版本与最新研究信息。中国小说尤其是明清小说是元明清文学的主流，中国小说研究不能脱离其时代之文化背景，朱编因而有《元明文学史参考资料》。朱先生深知中国小说史料之搜集与中国小说之研究都离不开中国文史工具书之运用，而他在教学中发现，许多青年学生甚至青年学者都不善使用文史工具书，因而有《文史工具书手册》之编写。刘叶秋先生序云："《文史工具书手册》按字典、辞典，书目、索引，政书、类书，年表、图谱等四大类，辑录有关资料，于古今著作，皆经网罗；即近年刊行诸工具书，亦均辑入，采择甚丰。研究文史，于此查检适用的书目，有如按图索骥，极为方便……在当前的各种工具书中，确实可以自张一军。"朱先生为中国小说乃至中国文史研究者铺路架桥，用心之细，用力之巨，可谓世所罕见。此为朱编结构之第三层次。

在中国小说史料体系之外，朱先生还有《瓶外卮言校点本》[魏子云《金瓶梅词话注释（增订本）》附录]、《警世通言校注本》（与宋常立共同校注）、《今世说注》、《明成化说唱词话丛刊校点本》等四部校注作品。其余，朱先生为自己及友人、后学的中国小说研究著述所作之序跋，计有六十余篇。

三

如果说朱编中国小说史料著作的结构体系中第二、三层次属广义的中国小说史料，那么其第一层次则属狭义的中国小说史料。上面粗略地描述了其整体结构体系，这里则进一步探讨其狭义的中国小说史料之结构体系。

狭义的朱编中国小说史料有：专书资料、专题资料与综合型资料。其中，专题资料既是资料又是研究成果，包括小说故事编年与人物表，都是精心编制的成果。其中《红楼梦人物谱》用力最勤，影响最大。

《红楼梦人物谱》初名《红楼梦人物表》，开笔于 1980 年上半年。朱先生 1980 年 9 月 11 日与友人书云：“我因为肺部有病，不能再上大课，日常只是与研究生交谈，并继续读几本小说，顺手制成庚辰本和程乙本两种红楼梦人物表，正在油印征求意见。”说是“顺手制成”，其实当年没有电脑支持，先生是以纯手工劳作的方式艰辛梳理的。先生有个好习惯，无论是小说资料汇编，还是工具书编撰，正式出版之前总要油印成册，一供在读研究生急用，二供广泛征求意见。

1980 年 10 月 12 日，先生与友人书云：“《红楼梦人物表》正在刻印，印出后寄上征求意见。”油印本果然收到一些意见。先生从善如流，1981 年 1 月 30 日与友人书云：“现在根据朋友的意见，又修改一次。”1982 年上半年，该书再次油印。先生 1982 年 6 月 13 日与友人书云：“《红楼梦人物表》又印了一次，并附上了人名索引，装订好了，当再寄上请指正。”

作为工具书，先生自然不满足《红楼梦人物表》以油印本流布，而希望正式出版让更多读者使用。1986 年 6 月，本书由百花文艺出版社出版，并更名为《红楼梦人物谱》。

先生 1987 年 5 月 23 日与友人书云：“拙著《红楼梦人物谱》出版……由于当时工作不细，出版后发现错误数处，因之，勘误表也一同附寄，请再提宝贵意见。”先生对自己著作的校勘质量几近苛求。先生 9 月 9 日与友人书云：“此书出版后，陆续收到了几位读者的意见，现在把改正本寄给你，希望过些时候再印时更正。”不承想此书再版时已是十年之后。先生 1996 年 10 月 12 日与友人书云：“《红楼梦人物谱》修订本，已校三遍，仍有错字，待看清样后，才能付印。"1997年6月5日先生与友人书云："几年前已交稿的《红楼梦人物谱》修订本，去年已校完三校，编辑说，准备到8月份订货会上卖书，尚需看到样才算数。"这年的8月份，百花文艺出版社果然推出了《红楼梦人物谱（修订版）》。

从《红楼梦人物表》到《红楼梦人物谱（修订版）》，先生前后花费了十几年工夫。此时先生已是八十六岁高龄。《红楼梦人物谱》虽仅是其浩瀚的小说史料工程中的冰山一角，但仅凭此一角，便足见先生为中国古代小说研究付出了何等的辛劳，可谓"字字看来皆是血，十年辛苦不寻常"。

《红楼梦》版本繁多，先生取庚辰本与程乙本两个普及本，分列两表。《红楼梦人物谱（修订版）》一书"说明"中指出：

> 本人物谱分列两表：一是庚辰本的人物表，二是程乙本的人物表。庚辰本是曹雪芹生前最后的改定本，也是仅次于曹雪芹手稿的一个完整抄本。程乙本是程伟元、高鹗在他们续补的百二十回本印行以后又加了一次改动的本子，也代表续补者的最后意见。制表时，前一种本子用1975年人民文学出版社影印《脂砚斋重评石头记》本，并以1982年人民文学出版社印行中国艺术研究院《红楼梦》研究所校注本《红楼梦》（简称"研究所校注本"）作参考；后一种本子用1973年人民文学出版社印本。

乾隆辛亥年（1791），即曹雪芹逝世约三十年后，程伟元第一次活字印刷一百二十回本《红楼梦》，让其从抄本走向印本。但"初印时不及细校，间有纰缪"，于是次年（1792）程伟元"详加校阅，改订无讹"，再次活字印刷一百二十回本《红楼梦》，史称程乙本，亦即朱先生所说"代表续补者的最后意见"。首印者则被追认为程甲本。

程乙本于 20 世纪 20 年代在胡适的指导下由上海亚东图书馆以新式标点出版,与新文化运动相呼应,堪称白话文教本之一,成为大众喜闻乐见的普及本。直到 20 世纪 80 年代初,人民文学出版社出版了红楼梦研究所校注本《红楼梦》,庚辰本才代替了程乙本,成为当下通行本。

庚辰本虽只有七十八回且发现甚晚,但以冯其庸为代表的红学家们考定出"庚辰"为乾隆二十五年,即 1760 年,亦即曹雪芹逝世(约 1763)之前不久,从而认定庚辰本为最接近作者原稿的抄本。作为红学史上的特例,文化部《红楼梦》校订小组是在 1975年成立的。校订小组即以庚辰本作为新校注的底本。他们每校注一章即印成大字本,发送至全国各高校征求意见,动静不小。朱先生所作《红楼梦人物表》在这一校注本问世之前,其时他已洞察到红学新动态,甚至认同冯其庸等的观点,所以以庚辰本作为人物表之首选。又因《红楼梦人物谱》出版在这一校注本问世之后,所以定稿时,庚辰本"以《红楼梦》研究所校注本《红楼梦》作参考"。

《红楼梦》中究竟写了多少人物,各家说法不一,朱先生在说明中列举了十一种之多,他综观各家统计得出:人数最少是三百九十八人,最多是九百七十五人。由于各家所用的标准不同,根据的版本又不一样,于是得出了互不相同的结果。作品中的古人,不属于小说人物,人物谱不予列入。而对于《红楼梦人物谱(修订版)》的人物统计,朱先生亦做了说明:

> 本人物谱,按庚辰和程乙两种版本分别统计,结果是:庚辰本列男 304 人,女 296 人,共计 600 人;程乙本列男 368人,女 304 人,共计 672 人。这里最费斟酌的,是一些没有

姓名的人。对这些没有姓名的人，不能一律不收，又不可能全收。为什么不能一律不收？因为其中有重要人物，如应天府门子，"护官符"就是由他口中提出来的，怎么能不收呢？又为什么不可能全收呢？因为有些人物，如贾敏死后，贾母派去接林黛玉的几个老妇，作者只是让他们随时做某些事情，事情过了，就不再提他们了，他们既然没有姓名，也就不知道前后出现的是否是同一些人。这样，在人物谱中，想把这些人物理出个头绪来，也就不可能了。因而，本人物谱，对于书中没有姓名的人，只能斟酌情况，将一部分对情节发展有关的人收入。

据此精确的统计，本书以同一格式制订庚辰本、程乙本两个人物表，标出每个人物在作品中首次出场的回数，标明人物间血缘、隶属或其他关系。

更重要的是，红楼人物之间关系复杂微妙，某些节点甚至曹雪芹也未完善地表达，致使留下许多疑难问题。朱先生则以注释形式力图予以解决。应该说，人物谱中最有学术含量的是人物表后的注。庚辰本人物表出注五十七条，对七十七个人物做了有力的考证；程乙本人物表出注六十八条，对八十八个人物在两个版本中的不同及程乙本在人物更动上的功过做了考证与评论，极见功力。可以说，正因为有了这些学术性的注释，人物表才升格为人物谱。

1982年朱先生从上述一百二十五条注释中抽出四分之一，写成《红楼梦人物关系考释》，发表在《古典小说戏曲探艺录》一书上，令人耳目一新。这里谨选几则，以见其断制。

〔贾巧姐〕王熙凤有几个女儿？庚辰本第27回写大观园

中祭饯花神，"宝钗、迎春、探春、惜春、李纨、凤姐等并巧姐、大姐、香菱与众丫鬟们在园内玩耍"。除蒙府本无"巧姐"二字外，其他脂本文字均同。惟戚序本上的"巧姐"二字，在有正书局石印时被贴改为"同了"。又庚辰本第 29 回写贾府去清虚观打醮，"奶子抱着大姐儿带着巧姐儿另在一车，还有两个丫头。"这两处都说明王熙凤有两个女儿：大的叫巧姐，小的叫大姐儿。可是到第 42 回写王熙凤的女儿生病时，就只有大姐儿一个女儿了，而且还没有名字，才叫刘姥姥给她起了巧姐这个名字。这是怎么回事呢？我们可以设想，开头曹雪芹原计划写王熙凤有两个女儿，在写作过程中又改变了计划，写她只有一个女儿，所以就写成第 42 回这个样子了。既然改变了计划，就应当连前边 27、29 回两回统统改过来，不幸没有完稿就去世，造成了现在这种前后矛盾的缺陷。参看《红楼梦》校订出版小组《红楼梦新校本》第 27 回校注〔一〕。

程乙本改写为王熙凤从始至终只有女儿一人，原来的矛盾现象就消除了。

〔贾化〕庚辰本第 1 回写他"会了进士，选入外班，今已升了本府（姑苏）知府"。革职后，走了贾政的门路，第 4 回又写他"补授了应天府"。

程乙本可能是因为刚中进士就做知府，升官太快，于是第 1 回改写为"中了进士，选入外班，今已升了本县（姑苏）太爷"。革职后，又复官，第 4 回写他"授了应天府"。又程乙本第 101 回写贾琏看邸报，有"刑部题奏云南节度使王忠一本：新获私带神枪火药出边事，共十八名人犯，头一名鲍音，系太师镇国公贾化家人。"按《红楼梦》第 1 回写的贾雨村，名字是贾化，到第 101 回又出来太师镇国公贾化，这就在同一部小说中，有两人都用了贾化这个名字。不过，这里的这种安排，倒是续补者有用意的。第一层意思，是第 104 回写皇帝查问"云南私带神枪一案时，曾把'太师贾化'，误认为是袭宁国公官的贾代化，问了贾政。第二层意思，是皇帝由"太师贾化"联想到"前放兵部，后降府尹"的贾化，即贾雨村，由贾政奏明："原任太师贾化是云南人，现任府尹贾某是浙江人"，才解释清楚。

以上两例是朱先生对程乙本改动的肯定。肯定的理由是在原书故事情节之逻辑与人物性格之逻辑中寻求的。否定的理由亦在于此。下面两例即对程乙本改动的否定。

〔许氏、胡氏〕秦可卿死后，庚辰本第29回写贾府到清虚观打醮时，"贾珍贾蓉的妻子婆媳两个来了。"从这里知道贾蓉又续娶了妻。又按第58回写皇帝的老太妃死了，"贾母、邢、王、尤、许婆媳祖孙等皆每日入朝随祭，至未正以后方回。"书中所已出现的宁荣两府的太太奶奶中没有姓许的，这许氏应是新到两府的人。谁是新到两府的人呢？依时间看，应是贾蓉的继配。有资格"入朝随祭"的妇女，又不可能是无爵位的人，而贾蓉之妻已是"防护内廷紫禁道御前侍卫龙禁卫"的"恭人"，是应该去的。再从前后排列的次序上看，这许氏排在尤氏之后，也正和贾蓉之妻的地位相合。所以，我认为许氏应为贾蓉的继配。

程乙本把许氏改为胡氏，并在第92回写明是"从前做过京畿道的胡老爷的女孩儿。"只就改动姓氏而论，是没有什么道理的。

〔贾蓝〕庚辰本第9回写"顽童闹学堂",有人把砚瓦扔在贾兰贾菌的座上。下面接着写道:"这贾菌亦系荣国府近派的重孙,其母亦少寡,独守着贾菌。这贾菌与贾兰最好,所以二人同桌而坐。谁知贾菌年纪虽小,志气最大,极是淘气不怕人的。……贾菌如何依得,便骂:'好囚攮的们,这不都动了手了么?'骂着,也便抓起砚砖来要打回去。贾兰是个省事的,忙按住砚,极口劝道:'好兄弟,不与咱们相干。'贾菌如何忍得住,便两手抱起书匣子来,照那边抢了去。"作者在这里,一是写了贾兰已经入学读书,二是写了贾菌在贾府的地位,三是写了"这贾菌与贾兰最好",四是写了这两个人的不同性格,即贾菌"极是淘气不怕人的","贾兰是个省事的":这些都是作者的有意安排。到第53回,作者又安排"贾菌之母娄氏带了贾菌"去参加荣国府的元宵夜宴,第54回又安排贾菌和贾兰挨次坐着:又是对第9回的呼应。甲戌本第1回于"昨怜破袄寒,今嫌紫蟒长"句有脂批说:"贾兰贾菌一干人",是在预示他们在仕途中有相同的遭遇,可惜我们不能看到作者给他们写的结局了。

程乙本违背了作者的意愿,在第9回中把"贾兰"改成了"贾蓝",到第53、54两回中又把"贾菌"改成了"贾蓝"。这样一来,一是把贾兰入学读书的情节取消了,使贾兰这个人物的发展失去了最初的依据;二是贾菌在53、54两回中不再出现,使这个人物在后边得不到照应;三是凭空添出贾蓝这个人物,对故事情节,没有增添,反致紊乱。可以说,程乙本添出贾蓝这个人物,是"妄改"之一例。

还有的地方程乙本改了但未彻底,也举两例。

〔来升、赖升、赖二〕庚辰本第 10 回写贾敬做生日，贾珍吩咐来升预备筵席，请荣国府的人。这来升，在第 14 回写明是"宁国府都总管"。王熙凤协理秦可卿之丧，也全是吩咐来升夫妇揽总去办。到第 54 回写元宵节后请荣国府吃年酒的各家时，宁国府却没有来升家，而有赖升家；第 63 回写贾敬死了，尤氏带了出城的也是"赖升一干家人媳妇"，而不是用来升领头。从这里使人看出来，在宁国府揽总办事的，前一段时期是来升，后来又改变为赖升，两人又没有同时出现过，很可能这两人本是一个人，作者开始写作来升，后来又写作赖升。如果是两个人，两个人的姓音又相近，呼唤起来就很容易发生错误。

程乙本把两个合为一人，把来升改变为赖升，可说是很有见地，处理得好。

此外，庚辰本第 7 回写宁国府派焦大黑夜送秦钟，焦大吃醉了酒，"骂大总管赖二，说他不公道"。这"大总管赖二"，只在这里出现一次，以后他应办的事就由来升、赖升先后接办，他没有再出过面，也是不合理的。因此我认为这赖二也和赖升是一个人，"大总管"和"都总管"的称呼是一样的，不知程乙本为什么没有做这一步。

〔两个兴儿〕贾府的小厮，有两个名叫兴儿的。一个是宁国府贾珍的小厮。庚辰本第 53 回写宁国府筹备过年，"这日宁府中尤氏正起来问贾蓉之妻打点送贾母这边针线礼物，正值丫头捧了一茶盘押岁锞子进来回说：'兴儿回奶奶，前儿那一包碎金子共是一百五十三两六钱七分，里头成色不等，共总倾了二百二十个锞子。'"这个为宁府办年的兴儿，既没有说明是别处的，自然就是宁府的。另一个是第 65 回写的"贾

15

琏的心腹小厮兴儿"。他自己对尤二姐介绍他的身分说："我是二门上该班的人。我们共是两班，一班四个，共是八个。这八个人有几个是奶奶的心腹，有几个是爷的心腹。"这里说的"二门上"是指荣国府的二门。"奶奶"是指王熙凤。"爷"是指贾琏。由此可知，这个兴儿是荣国府的全家合用小厮。按两府的小厮，用了相同的名字，是作者的疏漏，程乙本仍然没有加以补救。

朱先生以《红楼梦》近百年来两代普及本为底本作人物谱是智慧的选择。然而，庚辰本与程乙本，孰优孰劣？朱先生并未做一边倒的判断，他在注释里对具体问题做具体分析，庚辰本人物表后的注释重在阐释庚辰本"在某些人物关系上未尽周密之处"，程乙本人物表后的注释"则就其更动的人物，评述其功过"，给出了令人信服的答案。

可以说，《红楼梦人物谱》一册在手，《红楼梦》中的所有人物及相互关系便可洞然于心。它是一部对阅读、欣赏《红楼梦》大有裨益、不可或缺的工具书，也是红学研究之案头必备参考书。

2018 年 12 月

○ 朱一玄 著

红楼梦人物谱

百花文艺出版社

内 容 提 要

　　该书分别依据庚辰本《脂砚斋重评石头记》和程乙本《红楼梦》，精确统计出作品中除历史人物外的全部人物，标出每个人物在作品中首次出现的回数，并根据人物间的血缘、隶属或其他关系，编制两套人物表。表中还以注释的形式，对人物之间复杂微妙的关系和其他众多疑难问题进行了精辟详尽的分析说明。同时还编制了《红楼梦部分人物年龄对照表》、《红楼梦部分人物生日表》，书后附有人名索引。此外，该书还附录了著名红学家周汝昌为作品编年的《红楼纪历》和《荣国府院宇示意图》，以及杨乃济编制的《大观园模型示意图》。一册在手，《红楼梦》中的所有人物及相互关系便可洞然于心，是一部对阅读、欣赏和研究《红楼梦》大有裨益、不可或缺的资料工具书。

说　明

　　一、本人物谱分列两表：一是庚辰本的人物表，二是程乙本的人物表。庚辰本是曹雪芹生前最后的改定本，也是仅次于曹雪芹手稿的一个完整抄本。程乙本是程伟元、高鹗在他们续补的百二十回本印行以后又加了一次改动的本子，也代表续补者的最后意见。制表时，前一种本子用 1975 年人民文学出版社影印《脂砚斋重评石头记》本，并以 1982 年人民文学出版社印行中国艺术研究院《红楼梦》研究所校注本《红楼梦》（简称"研究所校注本"）作参考；后一种本子用 1973 年人民文学出版社印本。

　　二、两种人物表采用同一格式，以便使用者对照。两表均作有注，前表的注重在说明制表时所遇到的问题和解决的经过；后表的注则重在比较后表和前表有什么不同，并评论程乙本在人物更动上的功过。又在前表的后边，附录《红楼纪历》（周汝昌）、《红楼梦部分人物年龄对照表》、《红楼梦部分人物生日表》（两表均拙编）、《荣国府院宇示意图》（周汝昌）和《大观园模型平面图》（杨乃济），以省读者翻检之劳。

　　三、《红楼梦》中究竟有多少人物，说法不一。《上海师范学院学报》1982 年第 2 期载有徐恭时先生《红楼梦究竟写了多少人物》一文，搜集各家记述，重为核计，按发表时间，条列如下：

1

（一）清嘉庆间，诸联《红楼评梦》说："总核书中人数，除无姓名及古人不算外，共男子232人，女子189人（合计421人），亦云夥矣。"

（二）约嘉庆间，姜祺《红楼梦诗自序》说："其于人焉，男子235，女子213（合计448人）。"

（三）咸丰初，姚燮《红楼梦人索》说："总计男282人，女237人，合计519人。"

（四）同光间，寿芝《红楼梦谱》，分类收入人名，徐文统计男子206人，女子192人，合计398人。

（五）民国初年，星白《红楼梦人谱》，徐文统计，收男子397人，女子324人，合计721人。

（六）1920年，颍川红光《红楼梦人名表》，共收人物470余人。

（七）1947年，赵苕狂《红楼梦人名辞典》，收主要人物，各撰小传，计男子42人，女子64人，合计106人。此非总人数。

（八）1973年，北京师范学院中文系《红楼梦人名表》，徐文统计，收男子235人，女子217人，合计452人。

（九）1974年，南充师范学院中文系《红楼梦人名总表》，收男子323人，女子278人，合计601人。

（十）1974年，南京大学中文系《红楼梦人名索引》，徐文统计，收男子282人，女子341人，合计623人。

最后，1982年，徐文总计男子495人，女子480人，合计975人。

另李君侠《红楼梦人物介绍》一书（1969年台湾商务印书馆出版），列407人，未分男女。

综观以上各家所列，人数最少是398人，最多是975人。由
2

于各家所用的标准不同,根据的版本又不一样,于是得出了互不相同的结果。作品中的古人,不属于小说人物,本人物谱不予列入。本人物谱,按庚辰和程乙两种版本分别统计,结果是:庚辰本列男 304 人,女 296 人,共计 600 人;程乙本列男 368 人,女 304 人,共计 672 人。这里最费斟酌的,是一些没有姓名的人。对这些没有姓名的人,不能一律不收,又不可能全收。为什么不能一律不收?因为其中有重要人物,如应天府门子,"护官符"就是由他口中提出来的,怎么能不收呢?又为什么不可能全收呢?因为有些人物,如贾敏死后,贾母派去接林黛玉的几个老妇,作者只是让他们随时做某些事情,事情过了,就不再提他们了,他们既然没有姓名,也就不知道前后出现的是否是同一些人。这样,在人物谱中,想把这些人物理出个头绪来,也就不可能了。因而,本人物谱,对于书中没有姓名的人,只能斟酌情况,将一部分对情节发展有关的人收入。

四、本人物谱所列有姓名的人物,一律采用冠以姓氏的原用正名,如甄费的女儿香菱,题作甄英莲;薛宝钗的丫头莺儿,题作黄金莺;对于她们后来的名字,则分别附注于正名后的括号内。

五、《红楼梦》各种版本的简称,尚未统一。本人物谱所用简称,代表的版本如下:

(一)甲戌本:清同治间大兴刘铨福藏十六回《脂砚斋重评石头记》。

(二)己卯本:清怡亲王府的原抄本《脂砚斋重评石头记》。

(三)庚辰本:北京大学藏七十八回本《脂砚斋重评石头记》。

(四)梦稿本:中国社会科学院文学研究所藏《乾隆抄本百廿回红楼梦稿》。

(五)戚序本:清乾隆时德清戚蓼生所藏并序《戚蓼生序本石

3

头记》。

（六）戚宁本：南京图书馆藏戚蓼生序本《石头记》。

（七）蒙府本：北京图书馆藏清蒙古王府抄本《石头记》。

（八）甲辰本：北京图书馆藏清乾隆四十九年甲辰梦觉主人序本八十回《红楼梦》。

（九）舒序本：中国社会科学院文学研究所吴晓铃藏清乾隆五十四年己酉舒元炜序本《红楼梦》。

（十）程甲本：清乾隆五十六年辛亥萃文书局活字本《新镌全部绣像红楼梦》。

（十一）程乙本：清乾隆五十七年壬子萃文书局活字本《新镌全部绣像红楼梦》。

六、表中所用符号："×"表示夫妇关系；"……→"表示某妇女由某家嫁于某家；人名后方括号内的数字，表示人物在书中首次出现的回数。

七、为了使用时检索方便，又编有《红楼梦人物谱人名索引》，附于书末。

八、本人物谱在编写过程中，曾得到吴世昌师、王利器学兄等师友的指导和鼓励；付印时，又蒙出版社陈玉刚、王顺来、任少东等同志审阅了全稿，并提出许多宝贵意见，均此致谢。

九、由于水平所限，书中难免还存在不少问题，请用者不吝指教，以便修改。

1983 年 2 月于南开大学中文系古典小说戏曲研究室撰

1994 年 11 月修订

4

目　录

三、庚辰本《红楼梦》其他与四大家族有关的人物表

2

附 录

程乙本《红楼梦》人物表

一、程乙本《红楼梦》四大家族关系表

二、程乙本《红楼梦》四大家族奴仆表

3

4

5

庚辰本《红楼梦》人物表

一、庚辰本《红楼梦》四大家族关系表

（一） 四大家族关系表

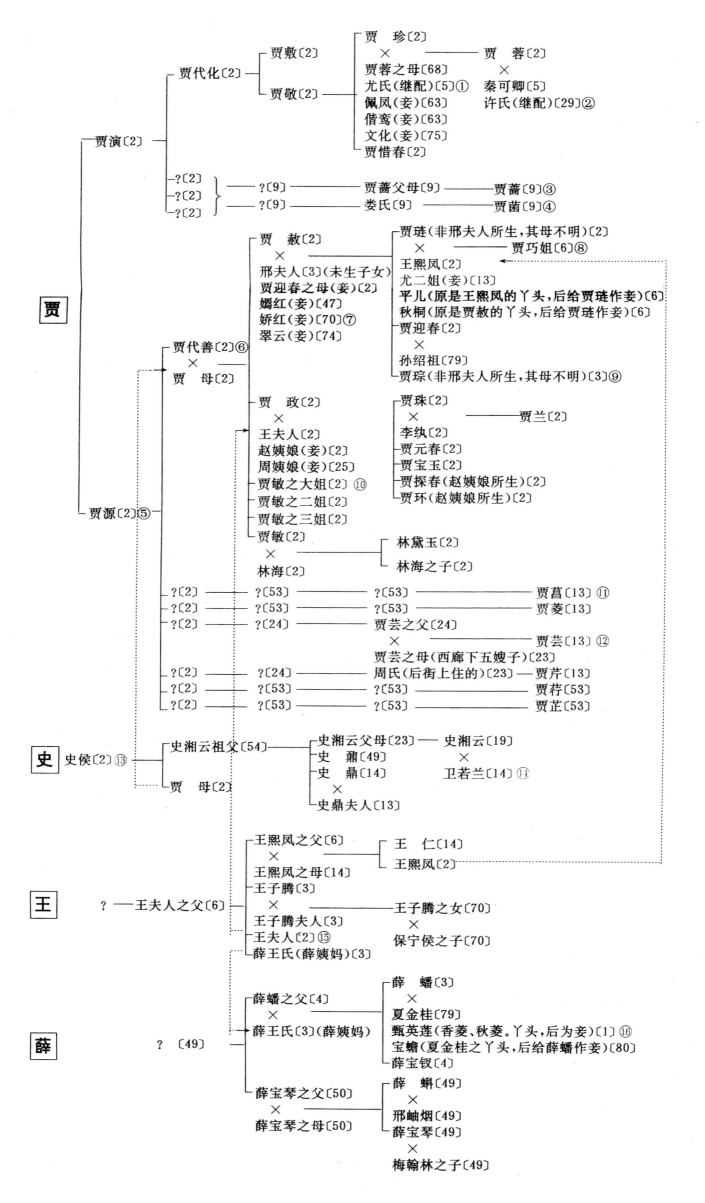

（二）　贾府近支族人表

贾代儒〔8〕⑰
　　×　————　贾瑞父母〔12〕————　贾瑞〔9〕
贾代儒妻〔12〕

　　　　　　　　　　　　　　　　贾璜〔9〕⑲
　　　　　　　　　　　　　　　　　×
　　代修〔13〕⑱　　　　　　　　金氏〔9〕

　　　　　　贾敕〔13〕
　　　　　　贾效〔13〕
　　　　　　贾敦〔13〕
　　　　　　贾瑞之母〔71〕——┌贾　瑞〔13〕
　　　　　　　　　　　　　　　└贾喜鸾〔71〕
　　　　　　　　　　　　　　　贾　珩〔13〕
　　　　　　　　　　　　　　　贾　珖〔13〕
　　　　　　　　　　　　　　　贾　琛〔13〕
　　　　　　贾琼之母〔71〕——┌贾　琼〔13〕
　　　　　　　　　　　　　　　└贾四姐〔71〕
　　　　　　　　　　　　　　　贾　璘〔13〕
　　　　　　　　　　　　　　　　　　　　贾　蓁〔13〕
　　　　　　　　　　　　　　　　　　　　贾　萍〔13〕
　　　　　　　　　　　　　　　　　　　　贾　藻〔13〕
　　　　　　　　　　　　　　　　　　　　贾　蘅〔13〕
　　　　　　　　　　　　　　　　　　　　贾　芬〔13〕
　　　　　　　　　　　　　　　　　　　　贾　芳〔13〕
　　　　　　　　　　　　　贾　璎〔63〕贾　芝〔13〕

5

（三） 与贾、王两家联宗者人物表

贾

贾　化（雨村）〔1〕
　　　×—————————— 贾化之子（娇杏所生）〔2〕
贾化嫡配〔2〕
娇杏（初为妾，后扶正）〔1〕

王

王狗儿之祖〔6〕—王成〔6〕—王狗儿〔6〕　┌ 王青儿〔6〕⑳
　　　　　　　　　　　　　　×　　　　┤
　　　　　　　　　　　　刘　氏〔6〕　└ 王板儿〔6〕

（四） 与四大家族联姻者人物表

1. 尤氏的娘家

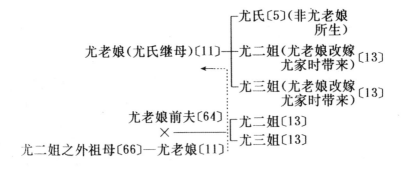

尤老娘（尤氏继母）〔11〕 ┬ 尤氏〔5〕（非尤老娘所生）
　　　　　　　　　　　　├ 尤二姐（尤老娘改嫁尤家时带来）〔13〕
　　　　　　　　　　　　└ 尤三姐（尤老娘改嫁尤家时带来）〔13〕

尤老娘前夫〔64〕 ┬ 尤二姐〔13〕
　　　×　　　　　└ 尤三姐〔13〕
尤二姐之外祖母〔66〕—尤老娘〔11〕

2. 秦可卿的娘家

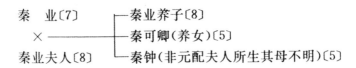

秦　业〔7〕 ┬ 秦业荞子〔8〕
　　×　　　├ 秦可卿（养女）〔5〕
秦业夫人〔8〕└ 秦钟（非元配夫人所生其母不明）〔5〕

6

3. 邢夫人的娘家

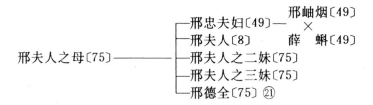

```
                                    ┌─ 邢忠夫妇〔49〕─   邢岫烟〔49〕
                                    │                     ×
                                    ├─ 邢夫人〔8〕         薛　蝌〔49〕
邢夫人之母〔75〕────────┼─ 邢夫人之二妹〔75〕
                                    ├─ 邢夫人之三妹〔75〕
                                    └─ 邢德全〔75〕㉑
```

4. 赵姨娘的娘家

```
        ┌─ 赵姨娘〔2〕
   ─────┤
        └─ 赵国基〔55〕
```

5. 李纨的娘家

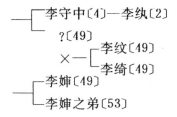

```
        ┌─ 李守中〔4〕─李纨〔2〕
   ─────┤
        └─ ?〔49〕
                 ×─┌─ 李纹〔49〕
                   └─ 李绮〔49〕
   ┌─ 李婶〔49〕
───┤
   └─ 李婶之弟〔53〕
```

6. 贾敏的婆家

```
   林海之父〔2〕─林海〔2〕
                 ×       ┌─ 林黛玉〔2〕
   贾敏〔2〕              └─ 林海之子〔2〕
```

7. 夏金桂的娘家

```
        夏太爷〔79〕

        × ─────────── 夏金桂〔79〕

        夏奶奶〔79〕
```

7

8. 甄英莲的娘家

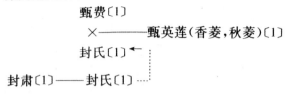

甄费〔1〕

×————甄英莲（香菱，秋菱）〔1〕

封氏〔1〕←

封肃〔1〕——封氏〔1〕

9. 薛宝琴的婆家

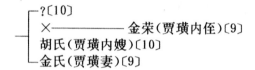

梅翰林〔49〕——梅翰林之子〔49〕

×

薛宝琴〔49〕

10. 贾璜之妻金氏的娘家

?〔10〕

×————金荣（贾璜内侄）〔9〕

胡氏（贾璜内嫂）〔10〕

金氏（贾璜妻）〔9〕

11. 贾芸之母的娘家

贾芸之母〔23〕㉒

卜世仁〔24〕

×————卜银姐〔24〕

卜世仁娘子〔24〕

12. 王狗儿之妻刘氏的娘家

刘姥姥〔6〕—刘氏〔6〕

（五） 金陵十二钗人物表

1. 正册

林黛玉〔2〕

8

16

薛宝钗〔4〕

贾元春〔2〕

贾探春〔2〕

史湘云〔19〕

妙　玉〔17—18〕

贾迎春〔2〕

贾惜春〔2〕

王熙凤〔2〕

贾巧姐〔6〕

李　纨〔2〕

秦可卿〔5〕

2. 副册

甄英莲(香菱,秋菱)〔1〕

3. 又副册

晴　雯〔5〕

花袭人〔3〕

（六）　四大家族及其亲戚的官爵表

1. 贾演：宁国公〔2〕。

2. 贾代化：袭宁国公〔2〕。京营节度使世袭一等神威将军
　　〔13〕。

3. 贾敬：袭宁国公〔2〕。乙卯科进士〔13〕。死后追赐五品之
　　职〔63〕。

4. 贾珍：袭宁国公〔2〕。世袭三品爵威烈将军〔13〕。

5. 贾蓉：江南应天府江宁县监生〔13〕。捐防护内廷紫禁道御前侍卫龙禁尉〔13〕。

6. 贾源：荣国公〔2〕。

7. 贾代善：袭荣国公〔2〕。

8. 贾赦：袭荣国公〔2〕。现袭一等将军〔3〕。

9. 贾琏：捐同知〔2〕。

10. 贾政：额外赐主事之衔，入部习学，升员外郎〔2〕。现任工部员外郎〔3〕。又点了学差〔37〕。

11. 贾元春：女史〔2〕。晋封为凤藻宫尚书，加封贤德妃〔16〕。

12. 史鼐：保龄侯，又迁委了外省大员〔49〕。

13. 史鼎：忠靖侯〔13〕。

14. 王子腾：京营节度使……升了外省去（升了边缺）〔4〕。升了九省都检点〔53〕。

15. 贾化：中了进士，升姑苏知府〔2〕。金陵应天府知府〔3〕。补授了大司马，协理军机，参赞朝政〔53〕。

16. 林海：探花，升兰台寺大夫，钦点巡盐御史〔2〕。

17. 秦业：营缮郎〔8〕。

18. 李守中：国子监祭酒〔4〕。

19. 孙绍祖：现袭指挥之职，在兵部候缺题升〔79〕。

二、庚辰本《红楼梦》四大家族奴仆表

（一） 宁国府奴仆

1. 全家合用奴仆

焦大〔7〕

赖　升（大总管）〔7〕㉓

×

赖升媳妇〔14〕

宁府误事婆子（秦可卿丧中点卯未到）〔14〕

乌进孝（庄头）〔53〕

俞禄（小管家）〔64〕

2. 各房专用奴仆

贾珍、尤氏

兴儿〔53〕㉔

喜儿〔65〕

寿儿〔65〕

（以上小厮）

银蝶〔75〕

炒豆儿〔75〕

（以上丫头）

贾蓉、秦可卿

　　瑞珠〔13〕

　　宝珠〔13〕

　　　　（以上丫头）

贾惜春

　　入画〔7〕

　　彩屏（彩儿）〔29〕

　　　　（以上丫头）

（二）　荣国府奴仆

1. 全家合用奴仆

　　余　信（管各庙月例银子）〔7〕㉕

　　　　×

　　余信家的〔7〕

　　吴新登（银库房的总领）〔8〕

　　　　×

　　吴新登媳妇〔34〕

　　戴良（仓上的头目）〔8〕

　　钱华（买办）〔8〕

　　王　兴〔8〕

　　　　×

　　王兴家的〔14〕

　　张材家的〔14〕

　　赖　大（大总管）〔16〕

　　　　×

赖大家的〔27〕

林之孝（管家，收管各处房田事务）〔16〕㉖

　　　×

林之孝家的〔17—18〕

多　官（"多浑虫"，厨子）〔21〕

　　　×

多姑娘儿〔21〕

来兴〔33〕㉗

聋婆子〔33〕

郑好时媳妇〔34〕

鲍　二〔44〕

　　　×

鲍二家的〔44〕

金彩夫妇（在南京看房子）〔46〕

乌进孝之弟（庄头）〔53〕

单大良〔54〕㉘

　　　×

单大娘（管事的头脑）〔56〕

钱槐之父母（库上管帐）〔60〕

兴儿（二门上该班的人）〔65〕

2. 大观园专用奴仆

老祝妈（管竹子）〔56〕

老田妈（管菜蔬稻稗）〔56〕

老叶妈（茗烟之母，春燕姑妈，莺儿干娘，管花草）〔56〕㉙

夏婆子（何妈之姐，春燕姨妈，藕官干娘，初到梨香院照顾女

戏子,后到大观园后门上)〔58〕

柳家媳妇(管大观园厨房)〔60〕㉚

小幺儿(看守大观园后门的小厮)〔60〕㉛

秦显家的(大观园里南角子上夜的)〔61〕

彩屏(彩儿)的娘(大观园内伺候的人)〔62〕

费大娘的亲家母(大观园值夜班)〔71〕

大观园值夜班婆子(与费大娘的亲家母值夜班)〔71〕

林之孝的两姨亲家〔73〕

柳家媳妇之妹〔73〕

张妈(大观园看后门的)〔74〕

3.大观园专用女戏子

龄官(又名椿灵,小旦)〔17—18〕

文官(后归贾母)〔23〕

宝官(小生)〔30〕

玉官(正旦)〔30〕

芳官(又名雄奴、耶律雄奴、温都里纳、金星玻璃、玻璃,正
　　旦,后归贾宝玉,以后又到水月庵当尼姑)〔54〕

葵官(又名韦大英,大花面,后归史湘云)〔54〕

蕊官(小旦,后归薛宝钗,以后又到地藏庵当尼姑)〔58〕

藕官(小生,后归林黛玉,以后又到地藏庵当尼姑)〔58〕

豆官(又名阿豆、炒豆子、豆童,小花面,后归薛宝琴)〔58〕

艾官(老外,后归贾探春)〔58〕

茄官(老旦,后归尤氏)〔58〕

茑官(小旦)〔58〕

14

4. 大观园专用尼姑、道婆

妙玉（栊翠庵尼姑）〔17—18〕

栊翠庵道婆（伏侍妙玉）〔41〕㉜

5. 各房专用奴仆

贾　母

金文翔（贾母的买办）〔46〕

　　　　×

金文翔媳妇（贾母房浆洗的头儿）〔46〕

老王家的〔72〕㉝

傻大姐的娘（贾母房浆洗衣服的）〔74〕

（以上男女仆人）

金鸳鸯（鸳鸯）〔20〕

琥珀〔20〕

鹦鹉〔29〕㉞

珍珠〔29〕

靛儿〔30〕㉟

翡翠〔59〕

玻璃〔59〕㊱

傻大姐〔73〕

（以上丫头）

史湘云

周奶妈〔31〕

翠缕（丫头）〔21〕

贾赦、邢夫人

15

秦司棋父母〔61〕

　　（以上仆人）

费大娘〔71〕

王善保〔74〕

　　×

王善保家的〔74〕

　　（以上邢夫人陪房）

邢岫烟

　　篆儿（丫头）〔57〕㊲

贾琏、王熙凤

　　王信〔68〕㊳

　　　（以上仆人）

　　彩明（彩儿）〔7〕㊴

　　昭儿〔14〕

　　住儿〔39〕

　　隆儿〔65〕

　　庆儿〔68〕

　　　（以上小厮）

　　来旺（旺儿）〔15〕

　　　×

　　来旺家的〔11〕

　　来喜家的〔74〕㊵

　　　（以上王熙凤陪房）

　　赵嬷嬷〔16〕

　　　（以上贾琏乳母）

　　平儿（初为王熙凤丫头，后被贾琏收房）〔6〕

16

丰儿〔7〕

林红玉(改小红,初在贾宝玉房,后归王熙凤)〔24〕

善姐〔68〕

（以上丫头）

贾巧姐

贾巧姐奶妈〔7〕

贾迎春

贾迎春乳母〔73〕

（以上乳母）

秦司棋(司棋)〔7〕

绣桔〔29〕

莲花儿〔61〕

（以上丫头）

贾 琮

贾琮之奶妈〔24〕

贾政、王夫人

秦显〔61〕

（以上男仆）

周瑞(管春秋两季租子,带小爷们出门)〔6〕

×

周瑞家的(跟太太奶奶们出门)〔6〕

吴兴家的〔74〕⑩

郑华家的〔74〕

（以上王夫人陪房）

白金钏(金钏儿)〔7〕

彩云〔23〕⑪

17

彩霞〔23〕

绣鸾〔23〕

绣凤〔23〕

白玉钏（玉钏儿）〔25〕

彩鸾〔62〕⑫

（以上丫头）

赵姨娘

小吉祥儿〔57〕

小鹊〔73〕

（以上丫头）

李纨

素云〔29〕

碧月〔29〕

（以上丫头）

贾兰

贾兰之奶母〔78〕

贾元春

抱琴（丫头）〔17—18〕

贾宝玉

李贵（奶妈李嬷嬷之子）〔9〕

王荣（可能是王奶妈之子）〔52〕㊸

张若锦（可能是张奶妈之子）〔52〕

赵亦华（可能是赵奶妈之子）〔52〕

钱启〔52〕

（以上男仆）

叶茗烟（茗烟）〔9〕

锄药〔9〕

扫红〔9〕

墨雨〔9〕

焙茗〔24〕

引泉〔24〕

扫花〔24〕

挑云〔24〕

伴鹤〔24〕

双瑞〔28〕

双寿〔28〕

（以上小厮）

李嬷嬷〔3〕

赵奶妈〔62〕

张奶妈〔62〕

王奶妈〔62〕

（以上奶妈）

宋妈〔37〕

何妈（春燕之母，芳官干娘，初到梨香院照顾女戏子，后
到怡红院端饭）〔58〕

（以上女仆）

花袭人（原名珍珠，后改袭人。原贾母丫头，后给贾宝
玉）〔3〕

媚人〔5〕

晴雯〔5〕㊹

麝月〔5〕

茜雪〔7〕

绮霰〔20〕㊹

秋纹〔20〕

碧痕〔20〕

四儿(原名芸香,后改蕙香,又改四儿)〔21〕

檀云〔24〕

佳蕙〔26〕

坠儿〔26〕

紫绡〔27〕㊺

良儿〔52〕

篆儿〔52〕

春燕(小燕)〔59〕

（以上丫头）

贾探春

侍书〔7〕㊻

翠墨〔29〕

蝉姐儿(蝉儿、小蝉,夏婆子的外孙女儿)〔60〕

（以上丫头）

贾　环

赵国基(赵姨娘之弟,男仆)〔55〕

钱槐(赵姨娘之内侄,小厮)〔60〕㊼

林黛玉

王嬷嬷〔3〕

（以上奶妈）

雪雁〔3〕

紫鹃(第3回本名鹦哥,第8回改紫鹃,原贾母的丫头,

后给林黛玉)〔3〕㊽

20

28

春纤〔29〕

(以上丫头)

(三) 薛家奴仆

1. 薛家合用奴仆

张德辉(当铺内揽总)〔48〕

张德辉之长子〔48〕

2. 各房专用奴仆

薛姨妈

同喜(喜儿)〔29〕

同贵〔29〕

(以上丫头)

薛蟠、夏金桂

老苍头(薛蟠之乳父)〔48〕

小舍儿(夏金桂丫头)〔80〕

臻儿(甄英莲丫头)〔29〕

薛宝钗

黄金莺(莺儿)〔7〕

文杏〔29〕

(以上丫头)

薛宝琴

小螺(翠螺)(丫头)〔52〕

（四） 房分不明的奴仆

周大娘（只知是荣府三个周大娘之二，一为周瑞家的）〔6〕

周大娘（只知是荣府三个周大娘之三）〔6〕

周奶奶（只知是荣府两个周奶奶之一）〔6〕

周奶奶（只知是荣府两个周奶奶之二）〔6〕

万儿（只知是宁国府的丫头）〔19〕㊾

可人（只知是荣国府的丫头）〔46〕㊿

潘又安（秦司棋的姑表兄弟，只知是贾府的小厮）〔71〕(51)

入画之兄（只知是宁国府的小厮或男仆）〔74〕(52)

（五）奴仆们的亲属关系

1. 赖升的亲属

赖大之母〔43〕—
- 赖　大〔16〕
  × ——— 赖尚荣〔45〕
  赖大家的〔27〕
- 赖　升〔7〕
  × ——— 赖升的两个儿子〔16〕
  赖升媳妇〔14〕

2. 乌进孝的亲属

—
- 乌进孝〔53〕
- 乌进孝之弟〔53〕

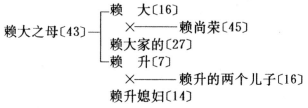

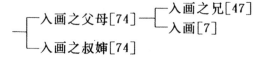

3. 入画的亲属

—
- 入画之父母[74] —
  - 入画之兄[47]
  - 入画[7]
- 入画之叔婶[74]

4. 彩屏的亲属

彩屏的娘〔62〕—彩屏〔29〕

5. 林之孝的亲属

林之孝〔16〕

× —————————— 小红（林红玉）〔24〕

林之孝家的〔17—18〕

6. 多官的亲属

多官之父母〔21〕——多　官〔21〕

×

多姑娘儿〔21〕

7. 金鸳鸯的亲属

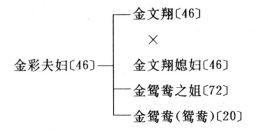

金彩夫妇〔46〕

金文翔〔46〕

×

金文翔媳妇〔46〕

金鸳鸯之姐〔72〕

金鸳鸯（鸳鸯）〔20〕

8. 钱槐的亲属

钱槐之父母〔60〕——钱槐〔60〕

9. 老祝妈的亲属

老祝妈之夫〔56〕
×——————— 老祝妈之子〔56〕
老祝妈〔56〕

10. 老叶妈等的亲属

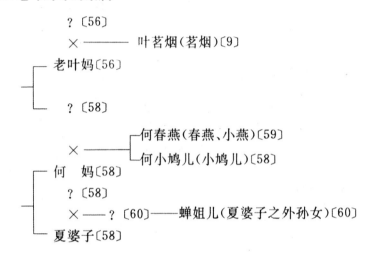

```
              ？〔56〕
               ×——— 叶茗烟(茗烟)〔9〕
┌ 老叶妈〔56〕

└   ？〔58〕
```

```
                    ┌ 何春燕(春燕、小燕)〔59〕
          ×————┤
                    └ 何小鸠儿(小鸠儿)〔58〕
┌ 何  妈〔58〕
    ？〔58〕
    ×——？〔60〕——蝉姐儿(夏婆子之外孙女)〔60〕
└ 夏婆子〔58〕
```

11. 柳家媳妇的亲属

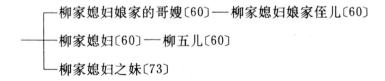

```
┌ 柳家媳妇娘家的哥嫂〔60〕——柳家媳妇娘家侄儿〔60〕

├ 柳家媳妇〔60〕—柳五儿〔60〕

└ 柳家媳妇之妹〔73〕
```

12. 秦司棋的亲属

24

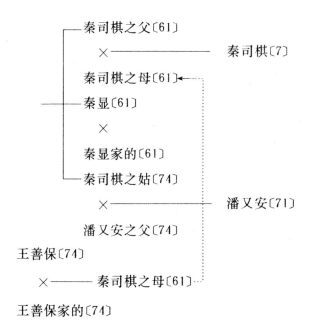

秦司棋之父〔61〕

×——————————秦司棋〔7〕

秦司棋之母〔61〕◄

秦显〔61〕

×

秦显家的〔61〕

秦司棋之姑〔74〕

×————————潘又安〔71〕

潘又安之父〔74〕

王善保〔74〕

×————秦司棋之母〔61〕

王善保家的〔74〕

13. 大观园值夜班婆子(与费大娘的亲家母值夜班)的亲属

大观园值夜班婆子〔71〕—婆子之女〔71〕

14. 妙玉的亲属

妙玉之父母〔17—18〕—妙玉〔17—18〕

15. 傻大姐的亲属

傻大姐之母〔74〕—傻大姐〔73〕

16. 费大娘的亲属

25

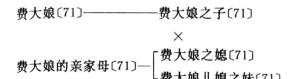

费大娘〔71〕————————费大娘之子〔71〕
                              ×
费大娘的亲家母〔71〕—⎡费大娘之媳〔71〕
                   ⎣费大娘儿媳之妹〔71〕

17. 王信的亲属

王　信〔68〕
　　×
王信之妻〔70〕

18. 来旺的亲属

来　旺〔14〕
　　×————————来旺之子〔72〕
来旺家的〔11〕

19. 赵嬷嬷的亲属

赵嬷嬷〔16〕—⎡赵天梁〔16〕
           ⎣赵天栋〔16〕

20. 贾迎春乳母的亲属

贾迎春乳母〔73〕————　?〔73〕
                      ×
              王住儿媳妇〔73〕

21. 周瑞的亲属

26

34

周　瑞〔6〕

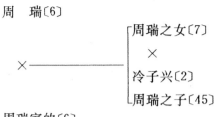

周瑞家的〔6〕

22. 白金钏的亲属

白老媳妇〔30〕—┌白金钏（金钏儿）〔7〕
　　　　　　　　└白玉钏（玉钏儿）〔25〕

23. 彩霞的亲属

彩霞之父母〔72〕—┌彩霞〔23〕
　　　　　　　　　└小霞〔72〕

24. 李贵的亲属

李嬷嬷〔3〕—李贵〔9〕

25. 王荣的亲属

王奶妈〔62〕—王荣〔52〕

26. 张若锦的亲属

张奶妈〔62〕—张若锦〔52〕

27. 赵亦华的亲属

赵奶妈〔62〕—赵亦华〔52〕

27

28. 花袭人的亲属

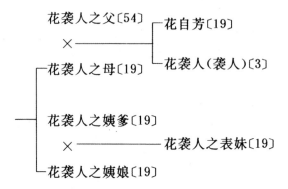

29. 晴雯的亲属

多　官（"多浑虫"，姑舅哥哥）〔21〕

×

多姑娘儿（灯姑娘儿）〔21〕

30. 坠儿的亲属

坠儿之母〔52〕—坠儿〔26〕

31. 黄金莺的亲属

黄金莺（莺儿）之母〔56〕—黄金莺（莺儿）〔7〕

32. 张德辉的亲属

张德辉〔48〕—张德辉之长子〔48〕

28

三、庚辰本《红楼梦》其他与
四大家族有关的人物表

（一） 皇室

太妃〔55〕

太上皇〔16〕

　　×———————— 皇　帝〔2〕

皇太后〔16〕　　　　　×

　　　　　　　　吴贵妃〔16〕

　　　　　　　　贾元春〔2〕

　　　　　　　　周贵人〔16〕

（二） 皇亲国戚

吴天佑〔16〕—吴贵妃〔16〕

周贵人之父〔16〕--周贵人〔16〕

永昌驸马〔71〕

（三） 文武官吏及其亲属

严老爷（曾拜访甄费）〔1〕

甄老太太〔2〕————甄老爷（钦差金陵省体┌甄大姑娘〔56〕

　　　　　　仁院总裁）〔2〕　　├甄二姑娘〔56〕

　　　　　　　　×　————————├甄三姑娘〔56〕

　　　　　　甄太太〔56〕　　　└甄宝玉〔2〕

29

张如圭（贾化旧同僚）〔3〕

穆莳（东安郡王）〔3〕

王老爷（曾拜访贾化）〔4〕

于老爷（净虚曾去他家）〔7〕

临安伯老太太（荣府曾给她送寿礼）〔7〕

冯　唐（神武将军）〔26〕

　　　×——————冯紫英〔10〕

冯紫英之母〔26〕

南安郡王太妃〔25〕—南安郡王〔11〕

　　　　　　　　×——？〔14〕—南安郡王之孙〔14〕

　　　　　　南安郡王妃〔71〕

东平郡王〔11〕

西宁郡王〔11〕—？〔14〕—西宁郡王之孙〔14〕

北静王太妃〔58〕—水溶（北静郡王）〔11〕

　　　　　　　　×

　　　　　北静王妃〔58〕

（以上南安郡王、东平郡王、西宁郡王、北静郡王，合称"四王"）

牛　清（镇国公）〔11〕

　　　×——————？〔14〕—牛继宗（现袭一等伯）〔14〕

镇国公诰命〔14〕⑤

杨提督的太太（王熙凤曾说把人参送她配药）〔12〕

义忠亲王老千岁（秦可卿用的棺材板，原是为他买了未用的）〔13〕

　　┌襄阳侯〔13〕—？〔14〕—戚建辉（世袭二等男）〔14〕
　—┤
　　└老三〔13〕

30

38

冯胖子（永兴节度使）〔13〕————冯胖子之子〔13〕

老赵（户部堂官）〔13〕

锦乡侯〔13〕

    ×

锦乡侯诰命〔71〕

川宁侯〔13〕

寿山伯〔13〕

缮国公〔14〕

    ×————————?〔14〕——石光珠〔14〕

缮国公诰命〔14〕

西安郡王妃〔14〕

柳彪（理国公）〔14〕—?〔14〕——柳芳（现袭一等子）〔14〕

陈翼（齐国公）〔14〕—?〔14〕——陈瑞文（世袭三品威镇将
    军）〔14〕

马魁（治国公）〔14〕—?〔14〕——马　尚（世袭三品威远将
    军）〔14〕

侯晓明（修国公）〔14〕—?〔14〕—侯孝康（世袭一等子）〔14〕
    （以上镇国公、缮国公、理国公、齐国公、治国公、修国公
    六家与宁、荣二家,合称"八公"）

平原侯〔14〕—?〔14〕—蒋子宁（世袭二等男）〔14〕

定城侯〔14〕—?〔14〕—谢鲸（世袭二等男兼京营游击）〔14〕

景田侯〔14〕—?〔14〕—裘良（五城兵马司）〔14〕

锦乡伯〔14〕—韩奇〔14〕

陈也俊（王孙公子）〔14〕

北静王府长府官〔14〕

胡老爷（净虚曾为他家念《血盆经》）〔15〕

长安府府太爷〔15〕

李衙内(长安府府太爷的小舅子)〔15〕

长安守备〔15〕——长安守备公子〔15〕

云光(长安节度使)〔15〕

工部官员〔17—18〕

五城兵马司〔17—18〕

锦田侯诰命〔25〕

仇都尉之子(曾被冯紫英打伤)〔26〕

沈世兄(贾府世交)〔26〕

赵侍郎(贾府到清虚观打醮,他家曾送礼)〔29〕

忠顺亲王(曾派长史官到荣府找蒋玉菡)〔36〕

忠顺府长史官〔33〕

```
┌ 傅试(通判)〔35〕
┤
└ 傅秋芳〔35〕

┌ ?〔66〕————————————柳湘莲(世家子弟)〔47〕
┤
└ 柳湘莲之姑母〔66〕
```

孔继宗(衍圣公)〔53〕

平安州节度(贾赦曾派贾琏到他那里办机密事)〔66〕

察院(张华曾往都察院告贾琏)〔68〕

乐善郡王〔71〕

临昌伯诰命〔71〕

邬将军(粤海将军)〔71〕

杨侍郎(曾送贾宝玉等礼物)〔78〕

李员外(曾送贾宝玉等礼物)〔78〕

庆国公(曾送贾宝玉礼物)〔78〕

32

（四） 太监

戴权（大明宫掌宫内相）〔13〕

夏守忠（六宫都太监）〔16〕

巡察地方总理关防太监〔17—18〕(54)

红衣太监〔17—18〕

随侍太监〔17—18〕

执拂太监〔17—18〕

侍座太监〔17—18〕

礼仪太监〔17—18〕

执事太监〔17—18〕

夏忠〔23〕(55)

周太监〔72〕

（五） 宫女

昭容〔17—18〕

彩嫔〔17—18〕

（六） 官衙差役

应天府门子（原葫芦庙小沙弥）〔4〕

×

应天府门子之妻〔4〕

（七） 皇粮庄头

张华之祖〔64〕—张华之父〔64〕—张华〔64〕

（八） 城乡财主

冯渊之父（金陵小乡绅）〔4〕
　　　×—————————冯渊〔4〕
冯渊之母〔4〕
张施主（长安大财主）〔15〕—张金哥〔15〕

（九） 城市居民

王奶奶（卜世仁之妻曾说要向她借钱）〔24〕
石呆子〔48〕

（十） 农家妇女

二丫头〔15〕

（十一） 贾府义学学生

"香怜"〔9〕
"玉爱"〔9〕

34

（十二） 医生

张友士〔10〕
鲍太医〔28〕
┌ ?〔42〕——?〔42〕——王济仁〔28〕
└ 王君效〔42〕
胡君荣〔51〕

（十三） 艺人

蒋玉菡〔28〕
×
花袭人〔3〕
女先儿（甲）〔54〕
女先儿（乙）〔54〕

（十四） 园林设计

山子野（老明公）〔16〕

（十五） 花匠

方椿〔24〕

35

（十六） 商贩

冷子兴（古董商）〔2〕

×

周瑞之女〔7〕

王短腿（马贩子）〔24〕

（十七） 奴仆

甄英莲（香菱）之奶母〔1〕

甄家小童（甄费之男仆）〔1〕

霍启（甄费家人）〔1〕

冯渊家人（冯渊命案原告）〔4〕

冯家管家娘子甲（荣府在清虚观打醮,冯紫英家派她去送礼）〔29〕

冯家管家娘子乙（荣府在清虚观打醮,冯紫英家派她去送礼）〔29〕

傅家婆子甲（傅试家派往荣府请安）〔35〕

傅家婆子乙（傅试家派往荣府请安）〔35〕

杏奴（柳湘莲小厮）〔47〕

甄府女仆甲（甄老爷府中派往贾府送礼请安）〔56〕

甄府女仆乙（甄老爷府中派往贾府送礼请安）〔56〕

甄府女仆丙（甄老爷府中派往贾府送礼请安）〔56〕

甄府女仆丁（甄老爷府中派往贾府送礼请安）〔56〕

36

（十八） 媒婆

朱大娘（官媒婆）〔72〕

（十九） 清客

詹光〔8〕
单聘仁〔8〕
卜固修〔16〕
程日兴〔16〕
胡思来〔26〕

（二十） 风水先生

阴阳(生)〔14〕
天文生〔63〕
时觉〔70〕

（二十一） 泼皮

倪　二〔24〕
　　×————————倪二之女〔24〕
倪二娘子〔24〕

37

（二十二） 拐子

拐子（拐甄英莲的人）〔4〕

（二十三） 妓女

云儿〔28〕

（二十四） 僧人

葫芦庙和尚〔1〕
智通寺老僧〔2〕
万虚（总理虚无寂静教门僧录司正堂）〔13〕
色空（铁槛寺住持）〔14〕

（二十五） 尼姑

智能（水月庵小姑子）〔7〕
净虚（水月庵姑子）〔7〕
智善（水月庵小姑子）〔15〕
妙玉师父（牟尼院姑子）〔17—18〕
水仙庵老姑子〔43〕
智通（水月庵姑子）〔77〕
圆心（地藏庵姑子）〔77〕

（二十六） 道士

叶生（总理元始三一教门道录司正堂）〔13〕

张真人（玉皇阁道士）〔25〕

张法官（清虚观道士）〔29〕

清虚观小道士〔29〕

水仙庵老道〔43〕(56)

王道士（王一贴，天齐庙道士）〔80〕

（二十七） 巫婆

马道婆〔25〕(57)

（二十八） 外国人

真真国女儿〔52〕

通事官（翻译官）〔52〕

（二十九） 神人仙子

茫茫大士〔1〕

渺渺真人〔1〕

空空道人〔1〕

绛珠仙子〔1〕

神瑛侍者〔1〕

警幻仙子〔1〕

痴梦仙姑〔5〕

钟情大士〔5〕

引愁金女〔5〕

度恨菩提〔5〕

兼美〔5〕

木居士〔5〕

灰侍者〔5〕

注:

①　尤氏:尤氏是贾珍的元配还是继配?庚辰本第5回写尤氏出场时,只说是"贾珍之妻"。但到第68回写王熙凤大闹宁国府时,从王熙凤骂贾蓉的话中,又说出贾蓉有"死了的娘"。第2回"冷子兴演说荣国府",已说贾蓉十六岁,第5回写他娶了妻。看来,尤氏应是贾蓉之母死后,贾珍娶的继配。

②　许氏:秦可卿死后,庚辰本第29回写贾府到清虚观打醮时,"贾珍、贾蓉的妻子婆媳两个来了"。从这里知道贾蓉又续娶了妻子。又按第58回写皇帝的老太妃死了,"贾母、邢、王、尤、许婆媳祖孙等皆每日入朝随祭,至未正以后方回"。书中已出现的宁、荣两府的太太、奶奶中没有姓许的,这许氏应是新到两府的人。谁是新到两府的人呢?依时间看,应是贾蓉之继配。有资格"入朝随祭"的妇女,又不可能是无爵位的人,而贾蓉之妻已是"防护内廷紫禁道御前侍卫龙禁尉"的"恭人",是应该去的。再从排列的前后次序上看,这许氏排在尤氏之后,也正和贾蓉之妻的地位相合。所以在人物表中,就把许氏列为贾蓉的继配。

③　贾蔷:庚辰本第36回写贾宝玉到梨香院让龄官唱曲,

40

宝官便说道："只略等一等,蔷二爷来了叫他唱,是必唱的。"这里称贾蔷为"二爷",则贾蔷就还应有哥哥。但因为贾蔷的哥哥只是在排行中可以推算出来,并非作者安排的人物,本人物表不收。以下仿此。

④　贾菌:甲戌本第2回于"宁公居长,生了四个儿子"下有批语说:"贾蔷、贾菌之祖,不言可知矣。"这是说,贾蔷、贾菌两人是宁国公次子以下那三个儿子的后代,只没有具体说明他们的祖先究竟是谁。对于贾蔷,庚辰本第9回有详细介绍说:"亦系宁府中之正派玄孙,父母早亡,从小儿跟着贾珍过活,如今长了十六岁,比贾蓉生的还风流俊俏。他弟兄二人最相亲厚,常相共处。宁府人多口杂,那些不得志的奴仆们,专能造言诽谤主人,因此不知又有什么小人诟谇谣诼之词。贾珍想亦风闻得些口声不大好,自己也要避些嫌疑,如今竟分与房舍,命贾蔷搬出宁府,自立门户过活去了。"同回又介绍了贾菌:"这贾菌亦系荣国府近派的重孙,其母亦少寡,独守着贾菌。"这里只说"近派",是贾菌的血统只是与荣府相近,不是荣府的"正派",再参看前边的甲戌本的批语,就有理由认为他和贾蔷一样,是宁国公的后代。但问题并不是这样简单。实在说来,"贾菌亦系荣国府近派的重孙"一语,确存在着歧义。首先,这里列贾菌和贾蔷一样也是宁国公的后代,为什么作者不直接了当地说,而要从"荣国府近派的重孙"方面转弯子呢?可以解释为,这是文学上的表现手法,就是避免句法的重复。其次,"荣国府近派"也还可以另有解释。荣国府的人,从荣国公的血统方面说,是指所有的荣国公贾源的子孙;他的"近派"就是指宁国公贾演的一支。若从袭爵的、仍然住在荣国府第的贾代善的一支来说,则这"近派"就是指贾代善的弟弟们的各支。照前一种说法解释,列贾菌为宁国公的子孙是正确的;照

41

49

后一种说法,我所列的就是错误的。按戚序本在庚辰本三次出现贾菌的地方,都作贾茵,这里的全句作"这贾茵又系荣府近派元孙",并有批语说:"先写一宁派,又写一荣派,互相错综的妙。"更是肯定贾茵(相当于庚辰本的贾菌)为荣国公的子孙了。又按戚序本第53回"荣国府元宵开夜宴",写族中来的人,"贾菌之母娄氏带了贾茵来了",其中"贾菌",应是戚序本在整理脂本的过程中,把"贾菌"改为"贾茵"的遗漏之处。至于为什么改,尚不得而知。我原设想,戚序本改"贾菌"为"贾茵",是为了改去甲戌本第二回批语中说"贾蔷、贾菌"是宁国公的后代,这里又说"贾菌亦系荣国府近派的重孙"两处的混淆现象,但戚序本第2回又没有甲戌本上边那条批语,甲戌本出现贾菌的几回又全部遗失,也就不能得到证实。由于以上所写出的原因,我这里列贾菌为宁国公的后代,只是说法中的一种,是否能成立,尚待进一步研究。

⑤ 贾源:荣国公的名字,在庚辰本第3回写林黛玉进荣国府时,看见"荣禧堂"大匾上写明是"某年月日书赐荣国公贾源",这是名为贾源了。到第53回贾蓉领到"春祭的恩赏"的黄布口袋上又写的是"荣国公贾法"。庚辰、戚序本也都是如此。一个人列出两个名字,又未作任何说明,显系作者疏漏。俞平伯《红楼梦八十回校本》、红楼梦研究所校注本都已把"贾法"校改为"贾源"。

⑥ 贾源之子:荣国公共有几个儿子?庚辰本第2回"冷子兴演说荣国府"说:"当日宁国公与荣国公是一母同胞弟兄两个。宁公居长,生了四个儿子。……自荣公死后,长子贾代善袭了官。"这里说明宁公四个儿子;荣公只说有长子,以下还有几个儿子没有再说。甲戌本第4回于"贾不假,白玉为堂金作马"句有批语说:"宁国、荣国二公之后,共二十房分,除宁、荣亲派八房在都外,现原籍住者十二房。"一般说来,计算宁、荣二公之后共多少

42

50

房,就是指宁、荣二公的儿子共有多少人。宁国公有四个儿子,不能单指在都者,应该是把在都的和在原籍的一并计算在内。照这样计算,荣国公的儿子,包括在都的和在原籍的,应共是十六人。这在都的八房,究竟宁国公之子占几房,荣国公之子又占几房,书中也没有说。

⑦ 娇红:庚辰本第70回写史湘云等填过柳絮词后,飘来了一个断了绳的风筝,宝玉笑道:"我认得这风筝。这是大老爷那院里娇红姑娘放的,拿下来给他送过去罢。"这娇红姑娘是贾赦的什么人呢?是丫头还是妾呢?按戚序本,"娇红"作"嫣红"。书中第47回已经写明嫣红是贾赦花了八百两银子买的妾。本人物表参照戚序本,也定娇红为妾。

⑧ 贾巧姐:王熙凤有几个女儿?庚辰本第27回写大观园中祭饯花神,"宝钗、迎春、探春、惜春、李纨、凤姐等并巧姐、大姐、香菱与众丫鬟们在园内玩耍"。除蒙府本无"巧姐"二字外,其他脂本文字均同。惟戚序本上的"巧姐"二字,在有正书局石印时被贴改为"同了"。又庚辰本第29回写贾母去清虚观打醮,"奶子抱着大姐儿带着巧姐儿另在一车,还有两个丫头。"这两处都说明王熙凤有两个女儿:大的叫巧姐儿,小的叫大姐儿。可是到第42回写王熙凤的女儿生病时,就只有大姐儿一个女儿了,而且还没有名字,才叫刘姥姥给她起了巧姐这个名字。这是怎么回事呢?我们可以设想,开头曹雪芹原计划写王熙凤有两个女儿,在写作过程中又改变了计划,写她只有一个女儿,所以就写成第42回这个样子了。既然改变了计划,就应当连前边第27、29回两回统统改过来,不幸没有完稿就去世,造成了现在这种前后矛盾的缺陷。参看研究所校注本第27回校记〔一〕。

⑨ 贾琮:庚辰本第2回"冷子兴演说荣国府"说:"若问那

赦公,也有二子,长名贾琏。"未写次子是谁。从书中的具体描写看,这次子应是贾琮。第24回写贾赦生病,贾宝玉去问安,"邢夫人拉他上炕坐了,方问别人好,又命人倒茶来。一钟茶未吃完,只见那贾琮来问宝玉好。邢夫人道:'那里找活猴儿去!你那奶妈子死绝了,也不收拾收拾你,弄的黑眉乌嘴的,那里象大家子念书的孩子!'"从邢夫人的口气看,这个在邢夫人身边的"大家子念书的孩子",就应该是贾赦的次子。再看看他在贾家各种活动中的地位。第53回写贾府除夕祭宗祠,"只见贾府人分昭穆排班立定:贾敬主祭,贾赦陪祭,贾珍献爵,贾琏、贾琮献帛,宝玉捧香,贾菖、贾菱展拜毯,守焚池。"参加祭祀的人在仪式中所占的地位,是严格按照与受祭者的亲疏排列的。贾琮在这里和贾琏、宝玉的地位相同,也可以看出他的重要性。在同一回写"荣国府元宵开夜宴","廊上几席,便是贾珍、贾琏、贾环、贾琮、贾蓉、贾芹、贾芸、贾菱、贾菖等。"贾琮的位置也是和贾珍、贾琏、贾环、贾蓉相同的。在这一回中,还写清楚其中的"贾芹、贾芸、贾菖、贾菱四个"不是袭爵的贾代化、贾代善的正派子孙,而是"族中"(虽也是宁、荣二公的后代,但没有袭爵,当然也不住在宁、荣二府)的人,因为"现是在凤姐麾下办事",也请来的。那么,贾琮就是袭爵的宁、荣二公的后代无疑了。还可以再举两条,说明贾琮一定是贾代善一支的子孙。一是第58回写清明祭扫,"贾琏已备下年例祭祀,带领贾环、贾琮、贾兰三人去往铁槛寺祭枢烧纸。宁府贾蓉也同族中几人各办祭祀前往。因宝玉未大愈,故不曾去得。"二是第75回写贾珍居丧,"请了各世家弟兄及诸富贵亲友来较射","贾赦、贾政听见这般,不知就里,反说这才是正理,文既误矣,武事当亦该习,况在武荫之属。两处遂也命贾环、贾琮、宝玉、贾兰等四人于饭后过来,跟着贾珍习射一回,方许回去。"这两件事,

44

都是把荣国府子弟单独提出来写的，又都写到了贾琏、贾宝玉、贾环、贾琮四人；贾宝玉、贾环两人是贾政的儿子向无问题，那么，贾琏、贾琮同为贾赦之子，也就成为必然的了。

⑩　贾敏之大姐、二姐、三姐：庚辰本第2回"冷子兴演说荣国府"中，冷子兴谈到贾敏已死时说："姊妹四个，这一个是极小的，又没了。长一辈的姊妹，一个也没了。"这就是说，贾敏还有大姐、二姐、三姐。这四姊妹，贾敏是贾赦、贾政的胞妹，书中已写清楚。其他三人，还存在两个问题：第一个问题，是这三个人和贾敏是什么样的姊妹关系？她们是同胞姊妹，还是像元春等四姊妹那样，有同胞姊妹，有叔伯姊妹，甚至还包括了宁国府的人？第二个问题，假如这三人都是贾赦、贾政的同胞姊妹，也还存在着她们和贾赦、贾政的年龄长幼问题。看来，作者只是在写到贾敏时，顺便一提她还有三个姐姐，因为重点是写贾敏，其余的人就不再注意了。本人物表，暂列为贾赦、贾政的胞妹。

⑪　贾菖、贾菱、贾荇、贾芷、贾芹：庚辰本第53回写"宁国府除夕祭宗祠"，参加祭祀的人，除了贾敬、贾赦、贾珍、贾琏、贾琮、贾宝玉、贾蓉等已知为宁、荣二公的子孙以外，还有贾菖、贾菱、贾荇、贾芷、贾芹等五人。他们各自的职守是："贾菖、贾菱展拜毯，守焚池"；"贾荇、贾芷等从内仪门挨次列站，直到正堂廊下。……每一道菜至，传至仪门，贾荇、贾芷等便接了，按次传至阶上贾敬手中"；贾芹也是站在"从草头者贾蓉为首"的"阶位"之中。他们既能参加除夕祭宗祠的仪式，即亦应为宁、荣二公之后，只是像在上边论述贾琮的身份时已经提到过的，不属于贾代化、贾代善二支嫡传，而是宁、荣二公的别的儿子的后代而已。又参照甲戌本第2回的批语，已知贾蔷、贾菌是宁国公长子以外的其他三子的后代，也可以推知参加祭宗祠的贾菖等五人是贾代化

45

胞弟的后代。对于贾芹是荣国公的后代,程乙本描写"水月庵掀翻风月案"的文字,也可以供参考。第93回写有人给贾芹贴的"无头榜"中说:"不肖子弟来办事,荣国府内好声名!"这是把贾芹写作"荣国府"的"不肖子弟"。第94回写王夫人知道贾芹的丑事以后,说:"若是芹儿这么样起来,这还成咱们家的人了么?"又对贾琏说:"芹儿呢,你便狠狠的说他一顿,除了祭祀喜庆,无事叫他不用到这里来。"在这里,王夫人已说清楚贾芹是"祭祀喜庆"都要到荣国府的"咱们家的人"。

⑫　贾芸:庚辰本第24回写贾芸到舅父卜世仁家求帮助,卜世仁不允,对他说:"我的儿,舅舅要有,还不是该的!我天天和你舅母说,只愁你没算计儿。你但凡立的起来,到你大房里,就是他们爷儿们见不着,便下个气,和他们的管家或者管事的人们嬉和嬉和,也弄个事儿管管。前日我出城去,撞见了你们三房里的老四,骑着大叫驴,带着五辆车,有四五十(个)和尚、道士,往家庙去了。他那不亏能干,就有这样的好事儿到他手里了!"这里说的"你们大房里",从文字的内容看,指的是袭爵的荣国公的长子贾代善的一支。"你们三房里",指的是贾代善三弟的一支。从行文的语气与用"你们"看,贾芸也和贾芹一样,是贾代善胞弟的后代。程乙本第104回写倪二被贾雨村拿进衙门,众人给倪二的女儿出主意,说:"你不用着急。那贾大人是荣府的一家。荣府里的一个什么二爷和你父亲相好,你同你母亲去找他说个情,就放出来了。"这里说的"荣府里的一个什么二爷",就是指的贾芸。程乙本把贾芸写作"荣府"里的人,也可以作我们参考。按前边卜世仁称贾芹为"老四",又贾芸在离开卜家以后,途中碰着倪二,倪二称他"贾二爷",接着后边写贾芸到贾宝玉书房,焙茗也称他"二爷",照排行推算,贾芸还有哥哥,贾芹更有三个哥哥。又贾芸之

46

母,第23回写为"西廊下五嫂子",则贾芸又还应有四个伯父。

⑬ 史侯、史鼐、史鼎、史湘云:金陵史侯家的世系是怎样列出来的呢?庚辰本第2回"冷子兴演说荣国府",说荣国公的"长子贾代善袭了官,娶的是金陵世勋史侯家的小姐为妻。"这史侯,甲戌本第4回于"阿房宫,三百里,住不下金陵一个史"句有夹批,说是"保龄侯"。这贾代善之妻(书中称贾母),甲戌本于第2回"如今代善早已去世,太夫人尚在"句的批语中说明是史"湘云祖姑"。也就是说,史湘云是贾母娘家的侄孙女。史湘云的祖父和贾母谁长谁幼,书中没有提到。史湘云的父母是早就死了的,这不仅在第5回"金陵十二钗正册"的判词中有"襁褓之间父母违"的暗写,而且在第32、36回都有"从小没爹娘"的明点。再看史湘云的父辈的情况。第13回写秦可卿之丧,"忠靖侯史鼎的夫人来了",第14回忠靖侯史鼎本人也参加送殡。甲戌本于第13回"忠靖侯史鼎的夫人来了"句有批语说:"史小姐湘云消息也。"意思是说,史鼎的夫人到贾府,史湘云也有可能随着到贾府。但没有说明史湘云和史鼎夫人是什么关系。程乙本把"忠靖侯史鼎的夫人来了"改成"忠靖侯史鼎的夫人带着侄女史湘云来了",把史湘云写成史鼎的侄女,和书中的其他情节是相符合的。除了忠靖侯史鼎以外,还有保龄侯史鼐及其家眷,第49回写"保龄侯史鼐又迁委了外省大员,不日要带了家眷去上任。贾母因舍不得湘云,便留下他了,接到家中。"我们看,如果贾母不把史湘云留下,她就会作为史鼐的家属被带走,关系还是很亲近的。这里的"史鼐",戚序本作"史鼎"。这可以看出来,戚序本把史鼐与史湘云的关系看作与史鼎一样;但他没有注意到史鼎在第14回是忠靖侯,这里怎么能无缘无故地改为保龄侯呢?那么,史鼐与史鼎又是什么关系呢?按照我们传统的命名习惯,弟兄的名字往往是有

47

某种联系的。《诗经·周颂》有"鼐鼎及鼒"的话。鼐和鼎都是烹煮用的器物。他们很可能是弟兄关系。如果再进一步问谁为兄、谁为弟?《广雅》说:"鼎绝大谓之鼐。"《周颂》引文中是鼐在前,鼎在后。又可以认为史鼐为兄,史鼎为弟。再从袭爵的情况来看。史家原封保龄侯。这保龄侯的爵位,应先由年长者承袭。史鼐承袭了保龄侯,他的行第应先于史鼎。至于史鼐、史鼎与史湘云之父的行第,还必须继续加以考察。书中从未提到史湘云有伯父伯母,却在第71回写贾母八旬之庆时,南安太妃提到史湘云有叔叔。还曾两次写了她有婶娘,一次是第31回写史湘云到贾府来了,王夫人说她穿的衣服多,她说:"都是二婶婶叫穿的,谁愿意穿这些!"一次是第36回写史湘云住在贾府,史家打发人去接她,她不愿走又不能不走,"那史湘云只是眼泪汪汪的,见有他家人在跟前,又不敢十分委屈。……还是宝钗心内明白,他家人若回去告诉了他婶娘,待他家去又恐受气,因此倒催他走了。"根据这种情况,本人物表把史湘云之父列为最长。

⑭ 卫若兰:卫若兰与史湘云的夫妇关系,现在书中已看不到具体描写。但第31回"因麒麟伏白首双星",写贾宝玉得了一个金麒麟,想留着送给史湘云,不料先丢了,正巧让史湘云拾着。回后己卯、庚辰、戚序本脂评云:"后数十回若兰在射圃所佩之麒麟,正此麒麟也。提纲伏于此回中,所谓草蛇灰线,在千里之外。"这应该是预示后来史湘云要与卫若兰结婚。又第26回,写冯紫英一段,庚辰本眉评云:"惜卫若兰射圃文字迷失无稿,叹叹!丁亥夏,畸笏叟。"这是说"卫若兰射圃"的文字本是写了的,只是因为"迷失"才"无稿"了。本人物表据此列卫若兰为史湘云之夫。

⑮ 王夫人:根据庚辰本第6回刘姥姥的叙述,知道"如今现是荣国府贾二老爷的夫人"的王夫人是王家的"二小姐"。第4

48

回叙述薛蟠的家世时，曾说："寡母王氏乃现任京营节度使王子腾之妹，与荣国府贾政的夫人王氏是一母所生的姊妹，今年四十上下年纪。"薛家到贾府六年之后(据周汝昌《红楼梦新证》第六章《红楼纪历》)，第33回写贾宝玉挨打，王夫人连忙抱住哭道："老爷虽然应当管教儿子，也要看夫妻分上。我如今已将五十岁的人，只有这个孽障。"按是年薛姨妈年纪应是四十六岁左右，当为王夫人之妹。程乙本第98回写贾母和薛姨妈商量，择日子让贾宝玉与薛宝钗圆房时，薛姨妈称王夫人为"我姐姐"，也与庚辰本的描述相符合。薛姨妈既是王夫人之妹，则在王夫人这位"二小姐"之上，就还应有一位王家"大小姐"。

⑯　甄英莲：庚辰本第1回写甄费"只有一女，乳名唤作英菊。"(第4回"葫芦僧乱判葫芦案"，门子对贾雨村说到甄士隐的女儿时，名字又成了"菊英"。这应是抄书人把"英菊"二字弄颠倒了的结果。)"英菊"，甲戌、戚序、程乙等本均作"英莲"。按第5回写贾宝玉梦游太虚幻境，看香菱的册子时，"只见画着一株桂花，下面有一池沼，其中水涸泥干，莲枯藕败。后面书云：'根并荷花一茎香，平生遭际实堪伤。自从两地生枯木，致使香魂返故乡。'"画与判词写了香菱一生的遭遇。其中没有提到菊花，却有与莲有关的"莲枯藕败"字句。又甲戌本在"乳名英莲"处有批语说："设云应怜也。""应怜"也应是"英莲"的谐音，与"英菊"无关。看来，香菱的乳名，应以"英莲"为是。

⑰　贾府近支族人：列在"贾府近支族人表"中的人，从他们和宁、荣二府的来往情况看，血统还是比较近的，但从书中查不出明显的世系，只能按他们在书中出现的先后次序，列入表中。

⑱　代修：第13回写秦可卿死了，贾代儒等二十多人到了宁国府。名单的"贾代儒"下，庚辰、己卯、戚序、戚宁、蒙府、甲辰、

49

舒序、程高本均有"代修"一人。梦稿本并作"贾代修"。惟甲戌本"代修"二字作"带领"。按这里叙及的贾氏家族的二十七人，姓名皆用全称，都不省"贾"字，惟独"代修"不冠姓氏，与"代儒"合用一个"贾"字，不合文例；且"代修"一名，书中仅此一见，疑为"带领"之误。

⑲ 贾璜：庚辰本第9回茗烟称贾璜之妻为"东胡同子里璜大奶奶"，还说她是"主子奶奶"。又第54回写荣国府元宵开夜宴，到三更天，贾母让贾珍等先走，"贾珍答应了一声'是'，便转身带领贾璜等出来。二人自是欢喜，便命人将贾琮、贾璜各自送回家去，便邀了贾珩去追欢买笑，不在话下。"为什么贾琮、贾璜这两个人要派人送呢？他们在贾府中有什么特殊身份呢？根据第2回所写贾赦有二子，长曰贾琏；又根据书中对于贾琮的具体描写，可以认为贾琮是贾赦的次子。但对于贾璜，只从"东胡同子里"和他的妻子被称为"主子奶奶"两点，却不能指明他是贾府的什么人。庚辰本在这里留下了漏洞。戚序本这里的"贾琮、贾璜"作"贾琮等"，不使贾璜出现，自然也就没有"为什么要人送"的问题了。

⑳ 王青儿、王板儿：王青儿、王板儿两人，在庚辰本第6回叙述说："王成新近亦因病故，只有其子，小名狗儿。妻刘氏所生一子，小名板儿，生一女，名唤青儿。"文中先写板儿，后写青儿，好象是兄妹关系。但下文接着写明"青板姊妹两个"，则把青儿排在前边，称作姊，也就是确定王青儿是姊，王板儿是弟。

㉑ 邢德全：庚辰本第49回已叙邢夫人兄嫂带着女儿邢岫烟到贾府走亲戚，第57回又写出她兄嫂是邢忠夫妇。到第75回又写出邢夫人的胞弟邢德全，这邢德全自然是行二了。可是书中却称呼他为"邢大舅"，又绰号"傻大舅"，这和对邢忠的称呼有矛

50

盾。

⑫　贾芸之母、卜世仁：卜世仁夫妇及其女儿在庚辰本第24回出现。只说明卜世仁是贾芸的舅舅，未写明卜世仁与贾芸之母是姐弟还是兄妹关系。本人物表，暂列为姐弟关系。

⑬　赖升：庚辰本第7回写宁国府派焦大黑夜送秦钟，焦大吃醉了酒，"先骂大总管赖二，说他不公道"。甲戌本脂评云："记清，荣府中则是赖大，又故意错综的妙！"这里说明，赖大、赖二弟兄两人，长房赖大在二房荣国府当大总管，二房赖二反在长房宁国府当大总管，所以才评为"故意错综的妙"。赖二名赖升，也写作来升。第10回写贾敬做生日，贾珍吩咐来升预备筵席，请荣国府的人。这来升，在第14回写明是"宁国府都总管"。王熙凤协理秦可卿之丧，也全是吩咐来升夫妇总揽去办。到第54回写元宵节后请荣国府吃年酒的各家时，宁国府却没有来升家，而有赖升家；第63回写贾敬死了，尤氏带了出城的也是"赖升一干家人媳妇"，而不是用来升领头。从这里使人看出来，在宁国府总揽办事的是赖升，有时写作来升。两个人从没有同时出现过，称为"大总管"或"都总管"是一样的。

⑭　两个兴儿：贾府的小厮，有两个名叫兴儿的。一个是宁国府贾珍的小厮。庚辰本第53回写宁国府筹备过年，"这日宁府中尤氏正起来问贾蓉之妻打点送贾母这边针线礼物，正值丫头捧了一茶盘押岁锞子，进来回说：'兴儿回奶奶，前儿那一包碎金子共是一百五十三两六钱七分，里头成色不等，共总倾了二百二十个锞子。'"这个为宁府办年货的兴儿，既没有说明是别处的，自然就是宁府的。另一个是第65回写的"贾琏的心腹小厮兴儿"。他自己对尤二姐介绍他的身份说："我是二门上该班的人。我们共是两班，一班四个，共是八个。这八个人有几个是奶奶的

51

心腹,有几个是爷的心腹。"这里说是"二门上"是指荣国府的二门,"奶奶"是指王熙凤,"爷"是指贾琏。由此可知,这个兴儿是荣国府的合用小厮。按两府的小厮,用了相同的名字,是作者的疏漏。

㉕ 余信:己卯、庚辰本皆作蔡信,甲戌本作余信,并有批云:"明点愚性二字",故从甲戌本。另戚序本、程乙本和研究所校注本也作余信。

㉖ 林之孝:庚辰本第52回写贾宝玉对周瑞说,他骑马从贾政书房门口过,就是锁着,按礼也要下来。钱启、李贵等都笑道:"爷说的是。便托懒不下来,倘或遇见赖大爷、林二爷,虽不好说爷,也劝两句。"这里的"林二爷"是指林之孝。林之孝既被称为"二爷",那他就还应该有哥哥。但在同回,林之孝之妻又被称作"林大娘"。这"大娘"就应只是一种尊称。

㉗ 来兴:庚辰本第33回写贾政知道了贾宝玉与蒋玉菡交往和金钏跳井两事后,立即"喝令快叫贾琏、赖大、来兴",了解详细情况。为什么要找这三个人? 自然是因为这三个人是荣国府管家务事的。贾琏是贾赦之子,在贾政家管家。赖大是仆人中的大总管。来兴和赖大并提,也应是荣府中有管家身份的人。"来兴",戚序本作"兴来"。俞平伯《红楼梦八十回校本》校改为"来兴来",也就是认为这个仆人的名字作"来兴"是正确的。

㉘ 单大良:庚辰本第54回写荣国府在元宵节后,"十七日……便是薛姨妈家请吃年酒。十八日便是赖大家,十九日便是宁府赖升家,二十日便是林之孝家,二十一日便是单大良家,二十二日便是吴新登家。"其中,赖大、赖升、林之孝、吴新登都是贾府的管家,单大良的地位,也应该和他们相同。第56回写有大夫进大观园看病,"管事的头脑""吴大娘和单大娘他们两个在西南角

52

上聚锦门等着"接。这单大娘应是单大良之妻。第57回"慧紫鹃情辞试忙玉",贾宝玉犯了呆病,"人回林之孝家的、单大家的都来瞧哥儿来了。"这单大家的也应和上边单大娘是一个人。

㉙　老叶妈:庚辰本第59回"柳叶渚边嗔莺叱燕"写莺儿采了柳条编花篮,何妈的女儿春燕走来,对她说:"这一带地上的东西都是我姑娘管着,一得了这地方,比得了永远基业还利害,每日早起晚睡,自己辛苦了还不算,每日逼着我们来照看,生恐有人糟踏,又怕误了我的差使。如今进来了,老姑嫂两个照看得谨谨慎慎,一根草也不许人动。你还掐这些花儿,又折他的嫩树。他们即刻就来,仔细他们抱怨。"春燕的姑娘是谁呢? 第56回探春等派人分工治理大观园的时候,怡红院的老叶妈是负责管花草的。这里春燕说"这一带地上的东西都是我姑娘管着",那么,这管花草的春燕的姑妈就应该是老叶妈。还有老叶妈和何妈同在怡红院居住,也便于"老姑嫂两个"共同照看花草,又逼着春燕每日去照看。只是书中没有一处直接说老叶妈和何妈是姑嫂关系,因而这里只能算做一种推测。

又戚序本第59回这里的文字和庚辰本不同,春燕话中的"姑娘"作"姨妈","老姑嫂两个"作"老姨妈两个"。春燕的姨妈是夏婆子。第58回曾写她要告发藕官烧纸,第60回又写她调唆赵姨娘到怡红院和芳官等打架,但没有写她有管理花草的职务,因而戚序本作"姨妈",与书中的具体描写是不相符的。

㉚　柳家媳妇:庚辰本写大观园管厨房的柳家媳妇,到第74回王熙凤对平儿说:"有人来告柳二媳妇和他妹子通同开局,凡妹子所为,都是他作主。"又称她为"柳二媳妇"。何以是"柳二"? 显然是由"柳大"排行而来。

㉛　小幺儿:庚辰本第60回末尾和第61回开头写大观园

53

管厨房的柳家媳妇从她娘家回来,央告看守后门的一个小幺儿给她开门,那小幺儿就求她偷些杏子出来给他吃,柳家媳妇回复他说:"你舅母、姨娘两三个亲戚都管着,怎不和他们要,倒和我来要?"下面小幺儿还说到大观园"里头却也有两个姊妹成个体统的"。这个小幺儿是谁呢?他的舅母、姨娘又都是谁呢?两个姊妹又是谁呢?书中明写在大观园中管果子的,只有第67回那个开头就管竹子的老祝妈,但那又是管葡萄,不是管杏子等果子,其余就没有管果子的了。因而这个小幺儿很难找出来是谁。

㉜ 栊翠庵道婆:庚辰本有三处写了在栊翠庵中伏侍妙玉的人。一是第17—18回介绍妙玉的身世时,写"如今父母俱已亡故,身边只有两个老嬷嬷、一个小丫头伏侍。"二是第41回贾母、刘姥姥等到栊翠庵吃茶,道婆曾收茶杯。三是第63回写贾宝玉过生日,妙玉"打发个妈妈"送去"槛外人妙玉恭肃遥叩芳辰"的帖子。因为这几个人都没有姓名,哪件事情是谁干的说不清,本人物表只列"栊翠庵道婆"一人。

㉝ 老王家的:庚辰本第72回写贾琏向鸳鸯查问,去年贾母生日所收的一个蜡油冻的佛手的下落,鸳鸯说:"老太太摆了几日厌烦了,就给了你们奶奶。你这会子又问我来。我连日子都记得,还是我打发了老王家的送来的。你忘了,或是问你们奶奶和平儿。"这个"老王家的",书中未写明房分,因为鸳鸯从贾母房派她送东西,暂列为贾母房的人。

㉞ 鹦鹉、珍珠:甲戌本第3回于贾母"便将自己身边一个二等的丫头名唤鹦哥者,与了黛玉"句有批语说:"妙极。此等名号方是贾母之文章。最厌近之小说中,不论何处,满纸皆是红娘、小玉、嫣红、香翠等俗字。"又甲戌本同回于"原来这袭人亦是贾母之婢,本名珍珠"句有批语说:"亦是贾母之文章。前鹦哥已伏

54

下一鸳鸯,今珍珠又伏下一琥珀矣。"批语中"伏下"应包含两种意思:一是贾母丫头,鹦哥与鸳鸯成对,珍珠与琥珀成对;二是贾母丫头鹦哥与珍珠分别给了林黛玉与贾宝玉后,贾母身边事,将由鸳鸯与琥珀承担。

贾母既已将自己的鹦哥与珍珠两个丫头分别给了林黛玉与贾宝玉,自己使用的丫头中,就不应再出现这两个人。为什么庚辰本第29回写贾府至清虚观打醮,贾母的丫头中又出现了鹦鹉(鹦鹉又名鹦哥)和珍珠呢?这可能是因为鹦哥和珍珠到了林黛玉和贾宝玉房中后,为了适合各自主人的爱好,分别改用紫鹃和袭人的名字;贾母房中再补了别的丫头来,就仍可再用鹦鹉和珍珠的名字。但作者在决定让贾母的丫头再采用鹦鹉和珍珠两个名字时,应该把第3回中鹦哥和珍珠改用别的名字,或直接用后来改的名字,就可以避免现在这种不合理的情况发生;还可以猜想这是由于曹雪芹当时是分章分段改写,没有来得及把前后各段统一修改就去世而造成的缺陷。

㉟　靛儿:庚辰本第30回"宝钗借扇机带双敲"情节,是由于贾宝玉、林黛玉、薛宝钗在贾母处谈笑时,"可巧小丫头靛儿因不见了扇子",怀疑薛宝钗给她藏起来引起的。文中没有说明靛儿是谁的丫头,而且又只在此出现一次。在本人物表中,列为贾母房的丫头,是因为这事情发生在贾母处,她是贾母房的丫头的可能性最大。

㊱　两个玻璃:庚辰本第59回写皇帝的老太妃死了,贾母等准备去送灵,替贾母打点带的东西的丫头中有玻璃。第73回写贾宝玉夜里温书,有丫头金星玻璃从后房门跑进来,口内喊说:"不好了,一个人从墙上跳下来了!"据第63回所写,这里的金星玻璃,是芳官的别名,又称玻璃。一部书中的丫头,两人用相

55

同的名字,是作者的疏漏。

㊲　两个篆儿:庚辰本有两个篆儿,一为第 52 回写怡红院晴雯生病,骂小丫头子们,"唬的小丫头子篆儿忙进来问:'姑娘作什么?'"这是贾宝玉房的人。一为第 57 回写薛宝钗问史湘云从哪里拾到的当票,湘云笑道:"我见你令弟媳的丫头篆儿悄悄的递与莺儿。"这里明写篆儿是邢岫烟的丫头。此为本书的疏漏。

㊳　王信:庚辰本第 68 回写王熙凤知道了贾琏偷娶尤二姐的事后,曾一面派来旺唆使张华告状,一面"忙将王信唤来,告诉他此事,命他托察院只虚张声势警唬而已,又拿了三百银子与他去打点"。第 70 回写尤二姐死后发丧,"那日送殡,只不过族中人与王信夫妇、尤氏婆媳而已。"这个王信,很像王熙凤的娘家弟兄;他们夫妇又和尤氏婆媳一道给尤二姐送殡,也像亲戚关系;但从王熙凤让他做事,使用"唤来"、"命"等口气来看,又应该是奴仆。所以本人物表列为贾琏仆人。

㊴　彩明:彩明是丫头还是小斯,脂砚斋评语中前后不一致。甲戌本第 14 回的脂批说:"宁府如此大家,阿凤如此身分,岂有使贴身丫头与家里男人答话交事之理呢?此作者忽略之处。"这是认为作者是把彩明写作丫头的。庚辰本在这条后则还有两条:一条说:"彩明系未冠小童,阿凤便于出入使令者,老兄并未前后看明是男是女,乱加批驳,可笑!"后边又一条说:"且明写阿凤不识字之故。壬午春。"这是说前批认为彩明是丫头,错了,彩明原是王熙凤便于出入、使令的""未冠小童",是小斯。又彩明和贾惜春的丫头彩屏在书中都称彩儿,两人的名字重复了。

㊵　吴兴家的、郑华家的、来喜家的:庚辰本第 74 回写王夫人叫人传周瑞家的等人暗地访拿绣春囊事,"一时周瑞家的与吴兴家的、郑华家的、来旺家的、来喜家的现在五家陪房进来。"这

56

五家陪房,从书中已知周瑞家的为王夫人陪房,来旺家的为王熙凤陪房。另外三家又各是谁的陪房呢?第74回这段文字以后,已单独写了王善保家的是邢夫人陪房,这可以看出,周瑞家的等五家陪房是王夫人和王熙凤的陪房。那么,吴兴家的、郑华家的、来喜家的又如何划分呢?以书中的行文次序看,前三人是王夫人的陪房,后二人是王熙凤的陪房。从命名的情况看,来喜与来旺相近,应是王熙凤的陪房;吴兴、郑华与周瑞相近,应是王夫人的陪房。本人物表,即依此分析排列。

㊶　彩云、彩霞:庚辰本写王夫人的两个丫头彩云、彩霞都曾为贾环所喜爱,其中又都牵连着贾宝玉和赵姨娘,可分为三组故事来叙述。

第一组故事是关于彩霞的。写的是第25回王夫人命贾环抄《金刚咒》,贾环"一时又叫彩云倒杯茶来,一时又叫玉钏儿来剪蜡花,一时又说金钏儿挡了灯影。众丫鬟素日厌恶他,都不答理。只有彩霞还和他合的来,倒了一钟茶来递与他。因见王夫人和人说话儿,便悄悄的向贾环说道:'你安分些罢,何苦讨这个厌那个厌的!'贾环道:'我也知道了,你别哄我。如今你和宝玉好,把我不答理,我也看出来了。'彩霞咬着嘴唇,向贾环头上戳了一指头,说道:'没良心的!狗咬吕洞宾,不识好人心。'"下边接着写贾宝玉给王子腾夫人祝寿回来,"在王夫人身后倒下,又叫彩霞来替他拍着。宝玉便和彩霞说笑,……二人正闹着,原来贾环听的见,……因而故意装作失手,把那一盏油汪汪的蜡灯向宝玉脸上只一推。"王夫人把赵姨娘骂了一顿。

第二组故事是关于彩云的。写的是第30回"宝玉……来到王夫人上房内。……王夫人在里间凉榻上睡着,金钏儿坐在旁边捶腿,也乜斜着眼乱恍。……金钏儿睁开眼将宝玉一推,笑道:

57

'……我倒告诉你个巧宗儿,你往东小院子里拿环哥儿同彩云去。'"从金钏儿的口中,知道贾环又和彩云相好。到第62回又写了彩云把王夫人房中的玫瑰露偷给贾环的事。这偷香露的事,原是赵姨娘央告彩云干的,事情闹大了,宝玉替她应起来,反而引起了贾环的疑心,又和彩云闹翻了。彩云因而得了无医之症,以致到第70回荣国府发配丫头时,未能出去。

第三组故事又回到前边的彩霞。事情也真有趣,彩云因为有病未能出荣国府,彩霞却因为有病被放出去了。第72回写道:"前日太太见彩霞大了,二则又多病多灾的,因此开恩打发他出去了,给他老子娘随便自己拣女婿去吧。"彩霞出去以后,还惦记着贾环,"遂至晚间悄命他妹子小霞进二门来找赵姨娘,问了端的。赵姨娘素日深与彩霞契合,巴不得与了贾环,方有个膀臂,不承望王夫人放了出去,每唆贾环去讨。一则贾环羞口难开,二则贾环也不甚在意,不过是个丫头,他去了将来自然还有,遂迁延着不说,意思便丢开。"

从上边三组故事的人物看,第一、三组是贾环和彩霞,第二组是贾环和彩云。究竟贾环所喜爱的是两个人,还是一个人呢?如果说是一个人,这又明明写的是两个人;如果说是两个人,从故事牵连着的贾宝玉、赵姨娘两个人来看,又应该是一个人。我们知道,贾宝玉无论对彩云还是彩霞都是不动情的,他在王夫人房中只喜欢金钏儿。只是从贾环方面来看,他既怀疑彩霞和宝玉要好,又怀疑彩云与宝玉要好,未免太巧合。赵姨娘作为贾环的母亲,既要补救贾环与彩云的决裂,又要使已经出了荣国府的彩霞再与贾环结合,怎么正好又是这两个人? 这就是说,从这两种巧合看,彩云、彩霞又应该是一个人。英人霍克思在《西人管窥红楼梦》一文中说贾环的"风流故事的主人翁,很明显地是一个丫

58

头,不是两个丫头。就是说,在小说发展的某一个前期阶段中,王夫人有两个大丫头,第一个是金钏,第二个是彩云。到最后的阶段,作者决定了把彩云改作彩霞(原注:"把'彩云'改作'彩霞'可能是要避免与又副册中晴雯的判词'霁月难逢,彩云易散'的'彩云'混淆"),第34、61、62等回中的'彩云'原来亦当作'彩霞'。"这意见可以供我们参考。

还要附带说明:这里所讨论的是贾环所喜爱的王夫人房的丫头彩云、彩霞是否是一个人的问题,不是王夫人房的丫头彩云、彩霞是否是一个人的问题。王夫人房有彩云、彩霞两个丫头,应该是不成问题的,她们在第23、25、59等回都同时出现过。

㊷ 彩鸾:庚辰本第62回写宝玉做生日,"只听外面咭咭呱呱一群丫头笑进来。原来是翠墨、小螺、翠缕、入画,邢岫烟的丫头篆儿,并奶子抱巧姐儿,彩鸾、绣鸾八九个人,都抱着红毡笑着走来,说:'拜寿的挤破门了,快拿面来我们吃!'"其中彩鸾未说明是何房,因与王夫人的丫头绣鸾在一起,名字也与王夫人的丫头彩云、彩霞、绣凤等能相配,所以列入贾政、王夫人房中。

㊸ 王荣、张若锦、赵亦华:庚辰本第52回贾宝玉出门去给王子腾做生日,"只见宝玉的奶兄李贵和王荣、张若锦、赵亦华、钱启、周瑞六个人,带着茗烟、伴鹤、锄药、扫红四个小厮,背着衣包,抱着坐褥,笼着一匹雕鞍彩辔的白马,早已伺候多时了。"这宝玉的奶兄,是李贵一个人,还是也包括下边王荣等人中的几人?按第3回贾宝玉的奶母有李嬷嬷。又第62回写贾宝玉做生日,拜了天地、祖宗后,又到各处行礼,"晴雯、麝月二人跟随,小丫头子夹着毡子,从李氏起,一一挨着比他长的房中到过。复出二门,至李、赵、张、王四个奶妈家让了一回方进来。"贾宝玉既有李、赵、张、王四个奶妈,第52回写的"奶兄李贵和王荣、张若锦、

59

赵亦华"等人的姓氏，又正好与四个奶妈的姓氏相同，这就使人有理由认为李贵等四人都是贾宝玉的奶兄。俗语中称普通的姓氏，往往用张、王、李、赵来代表。四个奶妈的姓，可能顺手用之。李贵、王荣、张若锦、赵亦华，也正好在姓氏上与之配合。这四个人分为两组：李贵、王荣是一组，含义是富贵荣华；张若锦、赵亦华为一组，含义是锦绣华丽。又王荣、张若锦、赵亦华三人同出现在第 52 回，赵、张、王三奶妈同出现在第 62 回，显系作者有意安排，并非偶然相合。

㊹　晴雯、绮霰：庚辰本第 26 回写贾宝玉的丫头佳蕙对小红说："昨儿老太太因宝玉病了这些日子，说跟着伏侍的这些人都辛苦了，如今身上好了，各处还完了愿，叫把跟着的人都按着等儿赏他们。……可气晴雯、绮霰他们这几个，都算在上等里去，仗着老子娘的脸面，众人到捧着他去，你说可气不可气？"照佳蕙这样说，晴雯、绮霰应该都有"老子娘"在荣国府，而且还是有"脸面"的人。可是书中任何地方都没有提到她们有"老子娘"在身边；而且在第 77 回写晴雯的来历时，还说："这晴雯当日系赖大家用银子买的，那时晴雯才得十岁，尚未留头。因常跟赖嬷嬷进来，贾母见他生得伶俐标致，十分喜爱，故此赖嬷嬷就孝敬了贾母使唤，后来所以到了宝玉房里。这晴雯进来时，也不记得家乡父母，只知有个姑舅哥哥。"这晴雯早已是"不记得家乡父母"了，哪里又还谈得上"仗着老子娘"的"脸面"得赏呢？

㊺　紫绡：庚辰本第 27 和 28 回中，均有把"紫绡"改为"紫鹃"之处，其实是把贾宝玉房中的紫绡和林黛玉房中的紫鹃混淆了。

㊻　侍书：侍书，甲戌、己卯、梦稿、戚序、戚宁、蒙府本中凡出现此名处，均作"侍书"；甲辰、舒序、程高本则改为"侍书"。庚

60

辰本原作"待"，左旁从"彳"，后涂改为"亻"。看来早期脂本原文应作"待书"。

㊼　钱槐：钱槐与赵姨娘的关系，庚辰本第60回介绍说："有一小伙名唤钱槐者，乃系赵姨娘之内侄。他父母现在库上管帐，他本身又派跟贾环上学。""内侄"的称呼，是从男子方面说的，指妻子的弟兄的儿子。书中第6回写周瑞家的对刘姥姥谈到王熙凤时，曾说她是王夫人的"内侄女"，就是借指王夫人娘家弟兄的女儿。这里说钱槐是"赵姨娘之内侄"，也应该是指她娘家弟兄的儿子。但她娘家是姓赵，不能姓钱，而且有弟弟赵国基。因而，这里的"内侄"还是一个疑问。

㊽　紫鹃：庚辰本第3回写林黛玉到贾府后，"贾母见雪雁甚小，一团孩气，王嬷嬷又极老，料黛玉皆不遂心省力的，便将自己身边的一个二等丫头，名唤鹦哥者与了黛玉。"这鹦哥当然就成为林黛玉"贴身掌管钗钏盥沐"的得力丫头。不料到第八回林黛玉到薛宝钗处，派雪雁去送小手炉的，却是紫鹃。这紫鹃是谁呢？甲戌本于"紫鹃"二字旁有批语说："鹦哥改名也。"第57回紫鹃自叙来历说："我并不是林家的人，我也和袭人、鸳鸯是一伙的，偏把我给了林姑娘使。"书中写贾母送给林黛玉的丫头，除了鹦哥，又再没有别人，也可以说明紫鹃就是鹦哥的改名。

㊾　万儿：庚辰本第19回写贾宝玉到宁国府看戏，遇见茗烟和一个丫头"干那警幻所训之事"，这丫头名叫万儿。她是哪房的丫头呢？从贾宝玉对茗烟的申斥中，可以确定是宁府的人，只是究竟是不是贾珍房里的，书中没有具体交代。本人物表，放入房分不明的部分中。

㊿　可人：庚辰本第46回写贾赦欲要鸳鸯为妾，鸳鸯坚决拒绝，向平儿表明自己的心迹，提到了她们丫头之间的要好的姐

61

妹，“比如袭人、琥珀、素云、紫绡、彩霞、玉钏儿、麝月、翠墨，跟了史姑娘的翠缕，死了的可人和金钏，去了的茜雪，连上你我，这十来个人从小儿什么话不说？什么事儿不作？”这里边的可人，没有说明房分，又只在这里出现一次，而且没有什么情节，所以在本人物表中，列在房分不明之内。

(51) 潘又安：潘又安是谁的仆人？庚辰本第71回写潘又安与司棋在大观园相会，被鸳鸯惊散，第72回说“那边无故走了一个小厮”。这小厮就是潘又安。但“那边”，究竟是宁国府那边，还是贾赦那边，还是别的地方，书中却没有说清楚。所以本人物表，就作为房分不明处理。

(52) 入画之兄：庚辰本第74回写抄检大观园，在入画处抄出了她哥哥叫她收着的东西。因为入画是惜春的丫头，抄出的东西又是贾珍赏入画的哥哥的，所以知道入画的哥哥是宁国府的小厮或男仆，至于哪一房，就不能知道了。

(53) 镇国公诰命：庚辰本第14回写“镇国公诰命生了长男”，荣国府“预备贺礼”。接着写秦可卿之丧，客官送殡的，就“有镇国公牛清之孙现袭一等伯牛继宗”。哪里有刚“生了长男”，就有“现袭一等伯”的孙子去贾府参加送殡的道理？显系书中疏漏。

(54) 巡察地方总理关防太监：这里列出的只有称谓没有姓名的太监和宫女，人数无法精确统计，暂以一人计算。

(55) 夏忠：庚辰本第16回写六宫都太监夏守忠到荣国府降旨，贾元春“晋封为凤藻宫尚书，加封贤德妃”。第23回写贾元春“命太监夏忠到荣国府来下一道谕，命宝钗等只管在园中居住，不可禁约封锢，命宝玉仍随进去。”这“六宫都太监夏守忠”和“太监夏忠”是一个人，还是两个人？清·寿芝《红楼梦谱》认为是一个人，研究所校注本也将“夏忠”校改为“夏守忠”。两人都是太监,姓名中只有一字之差,很有可能是一个人。但在第 23 回中,无论是庚辰本,还是戚序本、程乙本均作"夏忠",不作"夏守忠"或"夏秉忠"("夏守忠"程乙本改为"夏秉忠")。为保存原著面貌,本人物表把"夏忠"和"夏守忠"作为两人。

㊃ 水仙庵老道:庚辰本第 43 回写贾宝玉借水仙庵祭金钏儿,"那老姑子见宝玉来了,事出意外,竟象天上掉下个活龙来的一般,忙上来问好,命老道来接马。"怎么尼姑庵中还有老道呢?老姑子让他接马,就是在庵中伺候尼姑的人了。

㊄ 马道婆:庚辰本第 25 回写"宝玉寄名的干娘马道婆进荣国府来请安",见到宝玉的脸被烫了,就劝贾母施舍香油,在大光明普照菩萨前面点海灯,保佑宝玉平安。这个马道婆,名为道婆,但在谈话中所举出的神却是佛教的,祈福消灾,也用的是佛法,好象又是尼姑。她住的是什么庙,书中没有写明,无法推测;只写她是庙中主事的人,常到施主家骗取钱财,并用"法术"害人,却是很清楚的。看来,她是打着佛教幌子的巫婆。

附 录

红 楼 纪 历

周 汝 昌

　　小说第十七回叙盖造新园,写到"又不知历几何时",贾珍等人来向贾政报告园工告竣,"几何时"句旁有脂批说:"年表如此写,亦妙。"这说明照脂砚斋所知,《红楼梦》的叙事年月,是大有条理的。旧日的批点家如大某山民(姚燮)就曾在小说的每一回后都批明:"此回是某年某月事",可惜他是从高鹗的续书中所附会出的干支倒推上去的,因此便很少价值。还有苕溪渔隐的《痴人说梦》(憪红楼藏板,嘉庆刊本),开卷第一部分就是《槐史编年》,其做法是以年份干支为纲,统系回目,回目下注明是几月或几日之事。起"己酉",讫"丙辰"。恰好也是"以第九十五回甲寅岁纪,推其前后"的,与大某山民初无二致,故亦无庸多论。

　　现在把我自己所推的结果也列出来,未始不可为读小说之一助。推时完全是"独立"的,因那时既未见《槐史编年》,也绝不愿去先看看大某山民的推排,生怕受了他的影响。

　　八十回《红楼梦》原书,实共写了十五年的事情:

第一年

第一回

　　叙甄士隐"只有一女,乳名英莲(庚辰本独作英菊),年方三岁。"

64

是年，"一日炎夏永昼"，士隐作梦，见僧道带"顽石"下凡历劫，是即暗写宝玉降世之时。故六十二、三回叙宝玉生辰在夏天，约当四月下旬。同劫者则"已有一半落尘，然犹未全集"，即指元春、英莲、凤姐、宝钗、秦氏等年长于宝玉者及未生者。

"一日，早又中秋佳节。"士隐、雨村提"明岁大比"，进京赴试："十九日乃黄道之期。"

次早，家人回报："和尚说：贾爷今日五鼓已进京去了。"

第二年

雨村应试及第。第二回追叙："雨村因那年士隐赠银之后，他于十六日便起身入都，至大比之期，不料他十分得意，已会了进士，选入外班。"

本年黛玉二月十二日生，详后。

第三年

"真是闲处光阴易过，倏忽又是元宵佳节矣。"英莲失踪，时五岁。第四回云："闻得养至五岁，被人拐去。"正合。

"不想这日三月十五，葫芦庙中炸供"，士隐被火，投封肃。

第四年

士隐"勉强支持了一二年，越觉穷了下去。"出家。"一二年"，一年余、跨两年头之谓。

第五年

娇杏在门首见雨村到任，雨村时升为"本府知府"。

第二回

封肃云："只有当日小婿姓甄，今已出家一二年了。""一二年"，义同上。

雨村娶娇杏。

第六年

娇杏"自到雨村身边,只一年,便生了一子;又半载",乃扶正。

雨村"不上两年",便被上司参了一本,革职;因而游览天下,"那日偶又游至维扬地面"。

林如海巡盐"到任方一月有余"。"年已四十。……生了一女,乳名黛玉;年方五岁。"第三回黛玉云:"这位哥哥比我大一岁,小名就唤宝玉。"正合。

雨村入馆为西宾,"这女学生年又极小",十分省力。

按以上六年,乃全书引子,本不得作实事看,而所叙年月岁数尚大致可寻如此。

第七年

"堪堪又是一载的光阴",贾敏亡。

雨村"每当风日晴和",郭外闲游,因遇冷子兴。

冷云:"……今年才十六岁,名唤贾蓉。"

又云:"长名贾琏,今已二十来往了……今已娶了二年。"

又云:"就取名叫作宝玉,……如今长了七八岁。"曰七八岁,正合。

第三回

雨村遇冷之"次日",面谋之林如海,欲进京谋复原职。

"择了出月初二日",与黛玉同路入都。"有日,到了都中。""不上两个月",应天府缺出,雨村赴任。黛玉初入荣府。众人见她"年貌虽小";在家时如海亦嘱咐:"且汝多病,年又极小。"盖此时黛玉年仅六岁。(己卯本、"梦稿"本于此独多"十三岁"之文,他笔妄加,谬甚)

66

见凤姐穿"银鼠袄",是冬天,贾母说"等过了残冬,春天再与他们收拾房屋",可证。

黛玉带来"一个是十岁的小丫头……名唤雪雁,贾母见雪雁甚小,一团孩气。"

第四回

见李纨,她"幸存一子,取名贾兰,今已五岁。"

门子对雨村说:"八九年来,就忘了我了?"

又说:"这种拐子,单管偷拐五六岁的儿女,……到十一二岁时度其容貌,带至他乡转卖。当日这英莲,我们天天哄他顽耍,虽隔了七八年,如今十二三岁的光景。……"

按英莲开场为三岁,到今年应为九岁;云"十一二岁转卖",又云"十二三岁光景",约度之词,不觉稍大。又按自雨村离葫芦庙至此跨七年,云"八九年来";自英莲失踪至此跨五年,云"隔了七八年",皆多出二三年。撰其原故,盖雪芹又皆从第一回开场时计起也。参看第九年下。

冯渊,"长到十八九岁上"。

薛姨妈,"今年方四十上下年纪;只有薛蟠一子;还有一女,比薛蟠小两岁,乳名宝钗。"

薛蟠,"今年方十有五岁。"

按云"小两岁",口语不定之辞,非指"小二岁"。

第八年

第五回

"不想如今忽然来了一个薛宝钗,年岁虽大不多……"

按叙黛玉自入府以来,与宝玉亲密情状,又时常因不合而垂泪,泛叙,皆"非止一日"之情。中间已隔相当日期。计黛玉初来在冬天,雨村两月后始赴金陵任,审冯、薛一案。薛家进京,"在路不计其日",故宝钗入府当在转年之春夏无疑。住于贾府后,经过"不上一月的日期",始皆熟识。故第五回开头所叙,已是第八年之事,泛写钗、黛并至以后与宝玉三人间之关系,故本年无详叙处,亦无节令可按,推而始明也。

"因东边宁府中花园内梅花盛开",注意此为第八年之冬,非黛玉入府之冬。

秦氏云:"不怕他恼,他能多大了,就忌讳这些个?"可见宝玉时尚稚幼。

宝玉云:"况且年纪尚小,不知淫字为何物。"

第六回

"袭人本是个聪明女子,年纪本又比宝玉大两岁,近来也渐通人事。"

按口气皆写小孩子,非青年男女。脂批云:"一段小儿女之态",极为明白。"大两岁",与前叙宝钗比薛蟠"小两岁"正同,不必拘定"二岁";袭人本年似为十二岁,详后。

第九年

另起头绪。狗儿家"因这年秋尽冬初,天气冷将上来,家中冬事未办。"

周瑞家的云:"我们这里又比不得五年前了……都是琏二奶奶当家。"

按第六年冷子兴谓贾琏"已娶了二年",则娶凤姐当在第五或第六年,至本年为四年或五年,故云比不得"五年前"了。

刘姥姥云:"这位凤姑娘,今年大不过二十岁罢了",盖云至

68

多不过二十；周云："年纪虽小，行事却比世人都大呢！"与第七年冷云贾琏"二十来往"相合；凤姐此时当是十八九岁。

"进来了一个十七八岁的少年"——贾蓉。第七年云"十六岁"，正合。

第七回

"才留了头的小女孩儿"——英莲。周问："今年十几岁了？"

按英莲当十一岁。如第七年即已"十二三岁"，至此即为十四五岁，与所叙"才留头"不符矣，可见第七年语系泛泛揣拟之词。

焦大云："二十年头里的焦大太爷眼里有谁？"二十年，约当康熙五十年左右。

第八回

宝玉到梨香院，薛姨妈说："这么冷天！"宝钗穿蜜合色绵袄，银鼠比肩褂，绵裙。

宝玉问："下雪了么？"人回："下了这半日雪珠儿了。"取斗篷，送手炉。

秦业"年近七十"，"五旬之上，方得了秦钟。"

按年近七十，可以是六十六七，五旬之上，可以是五十七八，则秦钟本年可以是十岁左右；据秦氏语，秦钟实与宝玉同岁。

第九回

上学；袭人嘱："学里冷"，要添换衣服，打叠手脚炉。

贾母常留秦钟"住上三天五夜"，"不上一月之工，秦钟在荣府里便惯熟了。"此时已到年底。秦、宝交密，众口流诽，"这也非止一日"，已接入次年。

第十年

贾蔷"如今长了十六岁"。

第十回

闹学堂后，贾璜妻金氏因"天气晴明"去看寡嫂。是秋天光景。参看下文。

医生为秦氏诊脉，"今年一冬是不相干的，总是过了春分，就可望全愈了。"

"后日是太爷寿日。"

第十一回

"话说是日贾敬的寿辰。""天气正凉爽，满园的菊花又盛开。"是九月。

尤氏谓秦氏："上月中秋……回家来好好的；到了二十后，一日比一日觉懒，也懒怠吃东西。这将近有半个多月了……"

秦氏云："我自想着，未必熬的过年去呢。"

凤姐说："如今才九月半，还有四五个月的工夫。"

凤姐进园，"但见黄花满地，白柳横坡……树头红叶翩翩，疏林如画。西风乍紧，初罢莺啼；暖日当暄，又添蛩语。"

"这年正是十一月三十日冬至。"

按检雍正朝年历，无十一月三十日冬至者，十一年十一月十七日冬至，十二年十一月二十八日冬至，最相近。

贾母嘱凤姐，"明日大初一，过了明日你后日再去看看他去。"凤姐"到了初二日吃了早饭，来到宁府里。"是已进腊月。

70

第十二回

贾瑞在夹道里,"现是腊月天气,夜又长,朔风凛凛,侵肌裂骨,一夜几乎不曾冻死。"

贾瑞病倒,各种症候"不上一月,都添全了。"

按此处"一月",依旧钞本改。《痴人说梦》之四《镌石订疑》(叶二十五)、蝶芗仙史评本并云:"案旧钞本'年'作'月'。"又王伯沆批本亦论及一年当作一月。今传世诸本盖嫌"一月"之内诸症添全,似乎过快,故改"一年",不思雪芹原书年月皆有贯串也。

第十一年

"倏又腊尽春回,这病更又沉重。"贾瑞死于是春。

"谁知这年冬底"林如海病,接黛玉归。贾琏同行。

按"冬底"有误,久已屡经评家指出,当云"夏末秋初"。

第十三回

凤姐夜计贾琏行程,而秦氏猝亡。宝玉立欲过宁府,贾母说:"二则夜里风大。"当是秋深。

贾蓉捐官,履历写"年二十岁"。第七年云"十六岁",正合。

第十四回

"这日乃五七正五日上。"秦氏亡已月余。

是日昭儿回,说:"林姑老爷是九月初三巳时没的。""大约赶年底就回来。""叫把大毛衣服带几件去。"是已入冬。

第十五回

北静王"携手问宝玉几岁",只曰"几岁"而不曰"十几了?"可

71

见此时尚属幼小，非如一般人心目中之宝玉出场即为成童少年。

第十六回

七七既满，秦氏殡出；秦钟"因在郊外受了些风霜"，是天已寒冷。

一日，贾政生辰，忽有元妃晋封之讯。按赖大云："如今老爷又往东宫去了。"是指乾隆身为太子而即将继位时事明甚。

贾琏、黛玉"本该出月到家，因闻得元春喜信，遂昼夜兼程而进。"所"出"之月，当是十一月。

凤姐抱憾于未赶及南巡之盛，说："若早生二三十年，如今这些老人家也不薄我没见世面了。"

按早二三十年，正康熙屡次南巡时，甚合。

开始修园。秦钟死。

第十二年

第十七回

秦钟七日掩埋。

"又不知历几何时……这日贾珍等来回贾政：园内工程，俱已告竣。"

"且喜今日天气和暖"，贾政游园，见稻香村"有几百株杏花，如喷火蒸霞一般"，可知正当春日。

贾琏回说帘子等物"也不过秋天都全了"。

第十八回

妙玉入园，"今年才十八岁。"

"王夫人等日日忙乱，直到十月将尽，幸皆全备。""奉朱批准

72

奏次年正月十五上元之日恩准贵妃省亲。"

"贾府领了此旨,一发昼夜不闲,年也不曾好生过的。"

第十三年

"瞬眼元宵在迩,自正月初八日就有太监出来。……"

"至十四日,俱已停妥。"

"至十五日五鼓……"正式迎接元春归省。

第十九回

"次日见驾,谢恩。""收拾了两三天方完。"

"接袭人吃年茶。"东府"看戏,放花灯。"

宝玉到花家,"百般怕宝玉冷",备坐褥、脚炉。

袭人之姨妹"如今十七岁"。则袭人此时至少亦应十七岁,实长宝玉四岁。

宝玉与黛玉闲话,问:"几岁上京?"可见黛玉来时亦只有"几岁",亦非如一般人心目中之黛玉,出场即是少女。

第二十回

凤姐劝李嬷嬷:"大节下,老太太才喜欢了一日。"

"彼时正月内,学房中放年学,闺阁中忌针黹。"

宝玉对黛玉说:"何苦来!大正月里死了活了的!"

第二十二回

凤姐云:"二十一是薛妹妹的生日。"仍是正月的二十一日。

"听见薛大妹妹今年十五岁。"是钗比宝玉长二岁,情理甚合。

按第七年薛蟠十五,至今当二十一岁,实大宝钗七岁,可知

73

前云"大两岁"之语乃泛辞。

贾母以宝钗"正值他才过第一个生辰"。

按宝钗自第七年末入府,第八年正月为第一个生辰,此为第六个。唯此云"才过"者,即上文"薛大妹妹今年十五岁,虽不是整生日,也算得将笄之年,老太太说要替他作生日",即首次正式作寿之意,不得错会。

湘云说:"大正月里,少信嘴胡说!"

按戚本此后有贾母所说"我们安歇吧,明日还是节下"一句,其它脂本并无此言。元宵之后,只有"填仓",不足称"节",疑系后人所增。

第二十三回

贾政回贾母:"二月二十二的日子好",众姊妹与宝玉搬入大观园。

宝玉作即景诗,人"见是荣国府十二三岁的公子做的"。正合。

"那日正当三月中浣",沁芳桥边看《会真记》。

第二十四回

贾芸答宝玉问其年纪,说"十八了。"贾琏谓宝玉:"人家比你大四五岁呢!"时宝玉实十三,正合。

贾芸献香料于凤姐,"凤姐正是要办端阳的节礼,采买香料药饵的时节。"此预先筹备语,尚未到端阳。

贾芸见红玉(即小红)"却是一个十六七岁的丫头";"这红玉年十六进府当差",是去年始来,详后。

74

第二十五回

宝玉寻红玉，"却恨面前有一株海棠花遮着。"又匠人种树，皆三月间事。

赵姨娘问马道婆："可是，前儿我送了五百钱去，在药王跟前上供，你可收了没有？"药王上供，自是四月间事。

黛玉"看阶下新进出的稚笋，……惟见花光柳影，鸟语溪声"，是初夏风光。

僧道托宝玉于掌，说："青埂峰一别，瞬眼已过十三载矣！"明点岁数，一丝不错。

第二十六回

"话说宝玉养过了三十三天之后……"

宝玉到潇湘馆，"只见凤尾森森，龙吟细细"；"湘帘垂地，悄无人声。"正写夏日意境。

薛蟠说："只因明儿五月初三日，是我的生日。"提送礼，有鲜藕、西瓜。

按"明儿"亦北京泛语，与"次日"不同，不得死看。

第二十七回

"至次日乃是四月二十六日，原来这日未时交芒种节。"是日黛玉"泣残红"——凤仙、石榴等各色落花。

按殿板《万年书》，乾隆元年丙辰："四月小，二十六日庚寅，亥初一刻四分芒种。"普通遇节气，无人细记时刻，只记日期，"未时"云者，殆雪芹随手拈来补足之语。

宝钗见蝴蝶，"遂向袖中取出扇子来"，扑得"香汗淋漓"。

75

红玉答凤姐:"十七了。"

第二十八回

贵妃差太监送银,"叫在清虚观初一到初三打三天平安醮。"指五月初一至初三。

"还有端午儿的节礼也赏了。"

第二十九回

贾母劝宝钗:"你也去,……长天老日的,在家里也是睡觉。"宝钗曾说:"罢罢,怪热的!"原不欲去。

"正是初一日乃月之首日,况是端阳节间。"

贾珍说贾蓉:"我这里没热,他倒乘凉去了!"张道士亦云:"只因天气炎热"。

张道士说:"前日四月二十六日。"又云:"看见一位小姐,今年十五岁了。"又云:"看着小道是八十多岁的人。"

黛玉"昨日回家,又中了暑"。

"过了一日,至初三日,乃是薛蟠生日。"应前文。"明儿"不必等于"次日",可见。

袭人云:"明儿初五大节下。"

第三十回

紫鹃云:"这么热天,毒日头地下,晒坏了他,如何使得呢!"

宝钗云:"我怕热,看了两出,热得很。"

凤姐云:"你们大暑天,谁还吃生姜呢?"

"谁知目今盛暑之际,又当早饭已过,各处主仆人等,多半都因日长神倦。宝玉背着手,到一处,一处鸦鹊无闻。……知道凤

76

姐素日的规矩，每到天热，午间要歇一个时辰的。……来到王夫我上房内，只见几个丫头子，手里拿着针线，却打盹儿，……金钏儿坐在旁边捶腿，也乜斜着眼乱恍。"

宝玉进园，"只见赤日当空，树阴合地，满耳蝉声，静无人语。"

"如今五月之际，那蔷薇正是花叶茂盛之际。"

"伏中阴晴不定，片云可以致雨。"按"夏至三庚"方入伏，恐不当五月初已在伏中，其意盖仍指盛夏之日，不必以词害义。

"原来明日是端阳节。"

第三十一回

"这日正是端阳佳节，蒲艾簪门，虎符系背。"晴雯摔扇。

黛玉云："大节下，怎么好好的哭起来？难道是为争粽子吃争恼了不成？"

晴雯云："怪热的，拉拉扯扯作什么！"提洗澡与吃水果。

"次日午间"，湘云至，贾母云："天热，把外头的衣服脱脱吧。"

第三十二回

袭人送扇子。宝钗说："大毒日头地下，出什么神呢？"又云："这么黄天暑热的。"

第三十三回

王夫人云："况且炎天暑日的"；贾政云："大暑热天，母亲有何生气？"宝玉挨打即在五月。

第三十四回

王夫人云："如今我想，我已经快五十岁的人"，是四十余岁口气。

第三十五回

紫鹃劝黛玉："如今虽然是五月里，天气热……"
"目今傅秋芳已二十三岁。"
莺儿答宝玉："十六岁了。"

第三十六回

贾母要宝玉"著实将养几个月"，"过了八月才许出二门。"
凤姐说："这里过门风倒凉快，吹一吹再走。"
"却说薛姨妈等这里吃毕西瓜。"黛玉要洗澡。
宝钗说："这个屋里那里还有苍蝇蚊子？还拿蝇帚子赶什么？"

第三十七回

贾政点学差，"择于八月二十日起身。"宝玉自此"光阴虚度，岁月空添"。
探春小柬云："前夕新霁，月色如洗……时漏已三转，犹徘徊于桐槛之下，未防风露所欺。"入秋。
贾芸送白海棠，开"海棠社"。按此殆秋海棠。
秋纹云："那日见园里桂花"。

78

第三十八回

凤姐云:"那山坡下两棵桂花开的又好。"

咏菊、吃蟹。

王夫人向贾母说:"这里风大。"

第三十九回

刘姥姥云:"我今年七十五了。"贾母云:"比我大好几岁呢!"

按明年贾母即庆八旬,则本年当七十八九,刘姥姥既大好几岁,当八十余始合。《痴人说梦》云:"七十五应改八十五。"蝶芗仙史评本亦云:"七十五应改八十五遂是。"

(编者注:这里说:"明年贾母即庆八旬",不确切,"明年"应为"后年",细看后边第十五年第七十一回文字自明。)

第四十回

"可喜这日天气清朗,李纨……看着老婆子丫头们扫那些落叶。"

翠盘中"养着各色的折枝菊花",插满了刘姥姥的头。

宝玉说:"这些破荷叶可恨。"

"两滩上蓑草残菱,更助秋情。"

第四十一回

以柚子哄板儿手中之佛手。

第四十二回

凤姐对刘姥姥说:"都是为你! 老太太也被风吹病了。"

大姐儿亦病，彩明读《玉匣记》："八月二十五日病者：……"

黛玉云大观园修造费时一年，"盖才盖了一年。"与前所叙合。

第四十三回

贾母云："初二是凤丫头的生日。"即入九月。

"且说瞬眼已是九月初二日。"

第四十五回

赖大家的说："择了十四的日子。"仍是九月。

黛玉云："我长了今年十五岁。"

按黛玉小宝玉一岁，实当十二岁。所叙明明不合，疑字有讹误，或后人嫌小，妄改"二"为"五"。

"秋霖霢霢，……"作《秋窗风雨夕》。

第四十七回

贾琏说："十四往赖大家去不去？"又："打听老太太十四可出门。"

贾母说："我进了这门子，作重孙子媳妇起，到如今我也有了重孙子媳妇了，连头带尾五十四年。"

"买了一个十七岁的女孩子来，名唤嫣红。"

"展眼到了十四日。"

宝玉云："上月我们大观园的池子里头结了莲蓬。"

湘莲云："眼前十月一，我已经打点下上坟的花消。"十月一，寒衣节。

第四十八回

"展眼已到十月。"

"至十三日薛蟠先去辞了他母舅","至十四日一早",母妹送行。

平儿骂雨村:"半路途中那里来的饿不死的野杂种!认了不到十年,生了多少事出来!"

按雨村自第七年始与贾府结识,至此为时七年,故云"不到十年"。

第四十九回

宝玉云:"明儿十六,咱们可该起社了。"是十月十六。

"李纨为首,余者迎春、探春、惜春、宝钗、黛玉、湘云、李纹、李绮、宝琴、岫烟,再添上凤姐儿和宝玉,一共十三个人,叙起年庚,除李纨年纪最长,这十二个皆不过是十五六七岁。或有这三个同年,或有那五个共岁。……连他们自己也不能细细分晰谁长谁幼了。……不过是姊妹弟兄四个字随便乱叫。"

按本年宝玉十三岁,凡小于宝玉者不能超过十三岁;凤姐又绝不止十五六七岁。此为信笔泛叙。

宝琴披斗篷,云:"因下雪珠儿,老太太找了这一件给我的。"李纨云:"可巧又下雪。"

次早一看,"竟是一夜大雪,下的将有一尺多厚,天上仍是搓绵扯絮一般。"咏雪。

"老太太说了离年又近了。"

第五十回

罚宝玉乞红梅,又咏红梅。

狐腋,狼皮褥,手炉。

贾母问画:"赶年可有了?"

凤姐云:"那姑子必是来送年疏,或要年例香火银子,老祖宗年下的事也多。"

贾母云:"这才是十月里头场雪,往后下雪的日子多呢!"

"次日雪晴。"贾母嘱惜春:"你只画去,赶到年下十分不能便罢了。"

第五十一回

袭人回家,手炉,银鼠灰鼠衣服。

晴雯因与麝月夜间耍戏,受冻:"忽然一阵微风,只觉侵肌透骨。"宝玉说:"好冷手!"

宝玉云:"外头自然有大月亮的。"当是十一月中。

"小姑娘们冷风朔气的",添大观园厨房。

第五十二回

宝玉见黛玉处水仙,说:"这屋子越发暖,这花香的越清香。"又提:"送了蕉丫头一盆腊梅","明儿下一社,又有了题目了。"

第五十三回

"因此诗社之日,皆未有人作兴,便空了几社。"

"当下已是腊月,离年日近,王夫人与凤姐治办年事。"

贾珍云:"这又到了年下了。"

"已到了腊月二十九日了,各色齐备。"次日祭宗祠。

以上自第十八回后半直至五十三回,数十章巨文,皆叙一年之事,占全书大部,所叙日期节序,草木风物,无不吻合,粲若列眉。

第十四年

"次日五鼓",进宫朝贺,受家礼,吃年酒,"一连忙了七八日才完了,早又元宵将近。"

"十一日"贾赦请贾母,"次日"贾珍请;"至十五日之夕",唱戏。

文豹云:"恰好今日正月十五,荣国府中老祖宗家宴。"

第五十四回

"十七日一早,又过宁府行礼。"自此至二十二日,皆管家等人请年酒。

第五十五回

"刚将年事忙过,凤姐便小月了,在家一月不能理事。"

"一月之后,复添了下红之症";"调养到八九月间才渐渐的起复过来。"——"此是后话。"

第五十六回

贾母问甄宝玉,四来人回说:"今年十三岁。"

按甄、贾全同,足见宝玉此时尚只十三四,当年十四而仍云"十三"者,盖因新年甫换,去年岁数一时口中难改也。

第五十八回

老太妃薨,一月后应酬方毕。

"可巧这日乃是清明之日",园中修竹,剔树,栽花,种藕。

"只见柳垂金线,桃吐丹霞。""一株大杏树,花已全落,叶稠阴翠,上面已结了豆子大小的许多小杏。"

第五十九回

宝钗"搴帷下榻,微觉轻寒,启户视之,见园中土润苔青,原来五更时,落了几点微雨。"

寻蔷薇硝擦"春癣"。

"因见柳叶才吐浅碧,丝若垂金",莺儿采花柳枝条编篮子。

第六十回

柳五儿"今年才十六岁"。

第六十一回

小厮云:"好歹偷些杏子出来赏我吃。"

第六十二回

"当下又值宝玉生日已到。"

袭人叙众人生日:"二月十二是林姑娘。"

湘云:"吃醉了图凉快……四面芍药花飞了一身……手中的扇子在地下……一群蜂蝶,闹穰穰的围着他。"

众人斗草,香菱裙子被污,"旁边有一汪积雨"。

84

第六十三回

是夜,怡红院夜宴。宝玉说"天热",要与宴者脱外衣。芳官"满口嚷热",只穿"小夹袄"、"夹裤"。综看,似是四月下旬,与开卷呼应。

平儿还席,"说红香圃太热"。

贾敬亡,"目今天气炎热",不待贾珍即入殓。

第六十四回

"一日供毕早饭,因此时天气尚长。……"

宝玉回院,"进入门来,只见院中寂静无人";下人"取便乘凉"或"打盹"。

宝玉云:"如此长天",正恐丫环们睡出病来。

宝玉对袭人云:"怪热的!打这个那里使?"——袭人打穿孝用的扇套结子。

"芳官早托了一杯凉水内新湃的茶来,因宝玉素习秉赋柔脆,虽暑月不敢用冰。"

黛玉用瓜果,宝玉猜想:"大约必是七月因为瓜果之节,家家都上秋季的坟。"入七月。

贾琏"遂择了初三黄道吉日,娶二姐过门。"

按此偷娶事系逆叙,似为六月初三日之事。

第六十五回

娶后"到也过起日子来,十分丰足,眼看已是两个月的光景。"

85

93

第六十六回

平安州节度使嘱贾琏:"十月前后务要还来一次。"

"谁知八月内湘莲方进了京。"

第六十七回

薛蟠已"回家半个多月了";箱子"放了一二十天才送来。"

袭人欲去看凤姐,"初秋天气,不冷不热",行至沁芳桥上,"那园中景致,时值秋令,秋蝉鸣于树,草虫鸣于野,见这石榴花也开败了,荷叶也将残上来了,到是芙蓉近着河边,都发了红铺铺的咕嘟子,衬着碧绿的叶儿,到令人可爱。"

按所叙即为梅花调《黛玉悲秋》中段词句所本。俗本全删。今从戚本文字引录。

祝妈赶虫子,"葡萄刚成了珠儿","今年三伏里雨水少","如今才入七月的门,果子都是才红上来。"

按第六十七回盖非雪芹原作,亦出他人(脂砚?)所补。

第六十八回

凤姐于"十五日"去见尤二姐,接入园。未明指何月十五日,似是十月。

贾琏又去平安州,"回程已是将两个月的限了。"

第六十九回

贾母问二姐:"今年十几了?"

贾琏归,贾赦"又将房中一个十七岁的丫头名唤秋桐者赏他为妾。"

86

94

"那日已是腊月十二日。"

尤二姐"不过受了一个月的暗气,便恹恹得了一病。"

尤二姐对贾琏说:"我来了半年,腹中已有孕。"此时仍是腊月,"半年"正从六月偷娶时算。

第七十回

贾琏伴宿七日尤二姐葬。

"因又年近岁逼,诸务猬集。"

第十五年

"接着过年过节,出来许多杂事,竟将诗社搁起。"

"如今正是初春时节,万物更新,正该鼓舞另立起来才好。"作《桃花诗》。

"大家议定明日乃三月初二日,就起社。""明日饭后,齐集潇湘馆。"

按雪芹之"初秋""初春",往往指实际景物之初残、初荣言,不必拘作"七月"、"正月"看。

"次日乃是探春的寿日",三月初三日。

贾政有讯"六七月回京"。

王子腾女将于"五月初十日过门"。

宝玉赶功课,"至三月下旬,便将字又集凑出许多来。"

贾政又讯"冬底方回"。

湘云因"时值暮春之际","见柳絮飘舞",作《柳絮词》。

按七十回末及七十一回首高本叙"展眼间已是夏末秋初",贾政归来。皆脂本所无。

第七十一回

"因今岁八月初三日,乃贾母八旬之庆。"

按本回说贾政已归,"又因在外几年",上回亦云:"三四年工夫",则以贾政自第十三年七月出外,至本年,正合三四年。

"于七月二十八起,至八月初五日止",开寿筵。

第七十二回

贾琏云:"几处房租地税,通在九月才得。……又要预备娘娘的重阳节礼。"

凤姐押银四百两,一半命旺儿媳妇"拿去办八月中秋节的礼"。

第七十三回

"原来这傻大姐年方十四五岁。"

累金凤"预备八月十五日恐怕要戴呢!"

第七十四回

邢夫人向贾琏要二百两银子"作八月十五日节间使用。"

第七十五回

贾母云:"且商量咱们八月十五日赏月是正经。"王夫人云:"只是园里空,夜晚风凉。"

贾母云:"多穿两件衣服何妨。"此十三日事。

"次日起来,就有人回:西瓜月饼都全了。"

"明儿十五,过不得节,今儿晚上到好。"贾珍赏月。

88

"次日一早起来，乃是十五日。"

第七十六回

尤氏云："也奔四十的人了。"

贾母云："可怜你公公转眼已是二年多了。"

按贾敬亡于第十四年夏，至此实一年多，误多叙一年。

"猛不防那壁厢桂花树下"吹出笛声。

第七十七回

"话说王夫人见中秋已过"，"当下因八月十五日各庙内上供去，皆有各庙的尼姑来送供尖之例。"

第七十八回

晴雯夭逝，"恰好这是八月时节，园中池上芙蓉正开。"

宝玉云："如今且去灵前一拜，也算尽这五六年的情肠。"

按《芙蓉诔》有云："窃思女儿自临浊世，迄今十有六载……相与共处者，五年八月有奇。"上推五年八个月，当第十年年初；第七十七回明叙晴雯初买时才十岁，至本年亦正十六岁，若合符契。

众幕友赞贾兰："小哥儿十三岁的人。"

按第七年叙贾兰五岁，至此正合十三岁。

第七十九回

黛玉看诔稿，宝玉云："这里风冷。"

孙绍祖"年纪未满三十"。

宝玉自祭晴雯即病，"一月之后，方才渐渐的痊愈，好生保养一百日……方可出门行走。"

"这一百日内连院门前皆不许到……至四五十日后，就把他拘约的火星乱迸。"

夏金桂"今年方才十七岁"。

第八十回

"此时宝玉已过了百日，出门行走。"

按"百日"系自八月底九月初计，期满时亦不过腊初；回末叙迎春归宁，小住即返，正亦是腊中年前之风俗。则八十回原书自宝玉降生，至此为止，计共十五年；前六年乃序引性质，正写者整九年间之情节。

说到此处，《红楼梦》的年表，总算叙清。这样一部大书，百十万言，人物事情，繁杂万状，而所写岁时节序，年龄大小，竟而如此相合，井然不紊，实在令人不能不感到惊奇！偶然也有二三处欠合的，皆非重要，从整个著作看，实在提不到话下。

（《红楼梦新证》第六章，据 1976 年人民文学出版社增订本）

90

《红楼梦》部分人物年龄对照表

表一玄

时序	贾母	贾宝玉	贾蓉	贾兰	贾蔷	贾芸	林黛玉	薛蟠	薛宝钗	甄英莲	秦仲	花袭人	晴雯	黄金莺	林红玉	妙玉	甄宝玉	刘姥姥
第一年（第1回）	66	1	10		7	6		9	3	3	1	5	2	4	5	7	1	73
第二年（第1回）	67	2	11		8	7	1	10	4	4	2	6	3	5	6	8	2	74
第三年（第1回）	68	3	12	1	9	8	2	11	5	5	3	7	4	6	7	9	3	75
第四年（第1回）	69	4	13	2	10	9	3	12	6	6	4	8	5	7	8	10	4	76
第五年（第1—2回）	70	5	14	3	11	10	4	13	7	7	5	9	6	8	9	11	5	77
第六年（第2回）	71	6	15	4	12	11	5	14	8	8	6	10	7	9	10	12	6	78
第七年（第2—4回）	72	7	16	5	13	12	6	15	9	9	7	11	8	10	11	13	7	79
第八年（第5—6回）	73	8	17	6	14	13	7	16	10	10	8	12	9	11	12	14	8	80
第九年（第6—9回）	74	9	18	7	15	14	8	17	11	11	9	13	10	12	13	15	9	81
第十年（第9—12回）	75	10	19	8	16	15	9	18	12	12	10	14	11	13	14	16	10	82
第十一年（第12—16回）	76	11	20	9	17	16	10	19	13	13	11	15	12	14	15	17	11	83
第十二年（第17—18回）	77	12	21	10	18	17	11	20	14	14	12	16	13	15	16	18	12	84
第十三年（第18—53回）	78	13	22	11	19	18	12	21	15	15	13	17	14	16	17	19	13	85
第十四年（第53—70回）	79	14	23	12	20	19	13	22	16	16	14	18	15	17	18	20	14	86
第十五年（第70—80回）	80	15	24	13	21	20	14	23	17	17	15	19	16	18	19	21	15	87

（据周汝昌《红楼梦新证》第六章《红楼纪历》编制）

91

《红楼梦》部分人物生日表

姓名＼生日	正月	二月	三月	四月	五月	六月	七月	八月	九月	十月	十一月	十二月
贾元春	初一日											
贾源	同上											
薛宝钗	二十一日											
林黛玉		十二日										
花袭人		同上										
薛姨妈			三月间									
王夫人			初一日									
贾探春			初三日									
贾迎春			初九日									
王子腾之妻			三月间									
贾宝玉				四月间								
邢岫烟				同上								
薛宝琴				同上								
平儿				同上								
四儿				同上								
薛蟠					初三日							
贾巧姐							初七日					
贾母								初三日				
王熙凤									初二日			
白金钏									同上			
贾敬									九月			
贾政											十一月	
王子腾												十二月

92

100

编者注： 此表根据庚辰本编制,所列人物生日出现的回目
如下：

第 11 回:贾敬

第 16 回:贾政

第 22 回:薛宝钗

第 25 回:王子腾之妻

第 26 回:薛蟠

第 42 回:贾巧姐

第 43 回:王熙凤、白金钏

第 52 回:王子腾

第 62 回:贾元春、贾源、林黛玉、花袭人、薛姨妈、王夫
人、贾琏、贾宝玉、邢岫烟、薛宝琴、平儿

第 70 回:贾探春

第 71 回:贾母

第 77 回:四儿

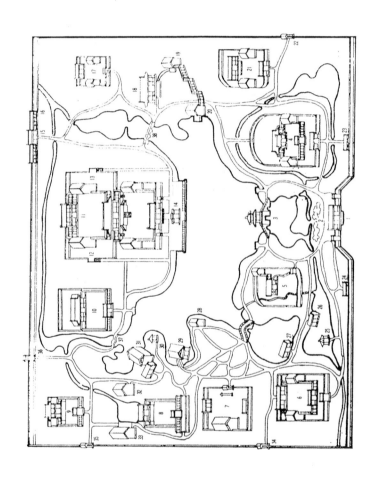

大观园模型图（杨乃济）

（《红楼梦研究集刊》第三辑，据 1980 年上海古籍出版社印本）

94

1 大门
2 曲径通幽
3 沁芳亭
4 怡红院
5 潇湘馆
6 秋爽斋
7 稻香村
8 暖香坞
9 紫菱洲
10 蘅芜院
11 大观楼
12 含芳阁
13 缀锦阁
14 省亲别墅坊
15 后门
16 厨房
17 佛寺
18 嘉荫堂
19 凸碧堂

20 凹晶馆
21 拢翠庵
22 角门
23 班房
24 议事厅
25 滴翠亭
26 柳叶渚
27 荇叶渚
28 芦雪亭
29 藕香榭
30 牡丹亭
31 芭蕉坞
32 红香圃
33 榆荫堂
34 角门
35 角门
36 后角门
37 折带朱栏板桥
38 沁芳闸桥

95

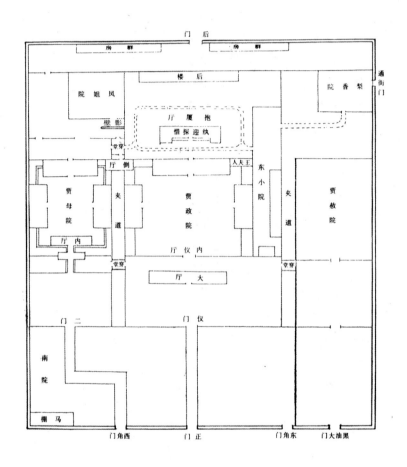

荣国府院宇示意图(周汝昌)

(《红楼梦新证》第四章)

96

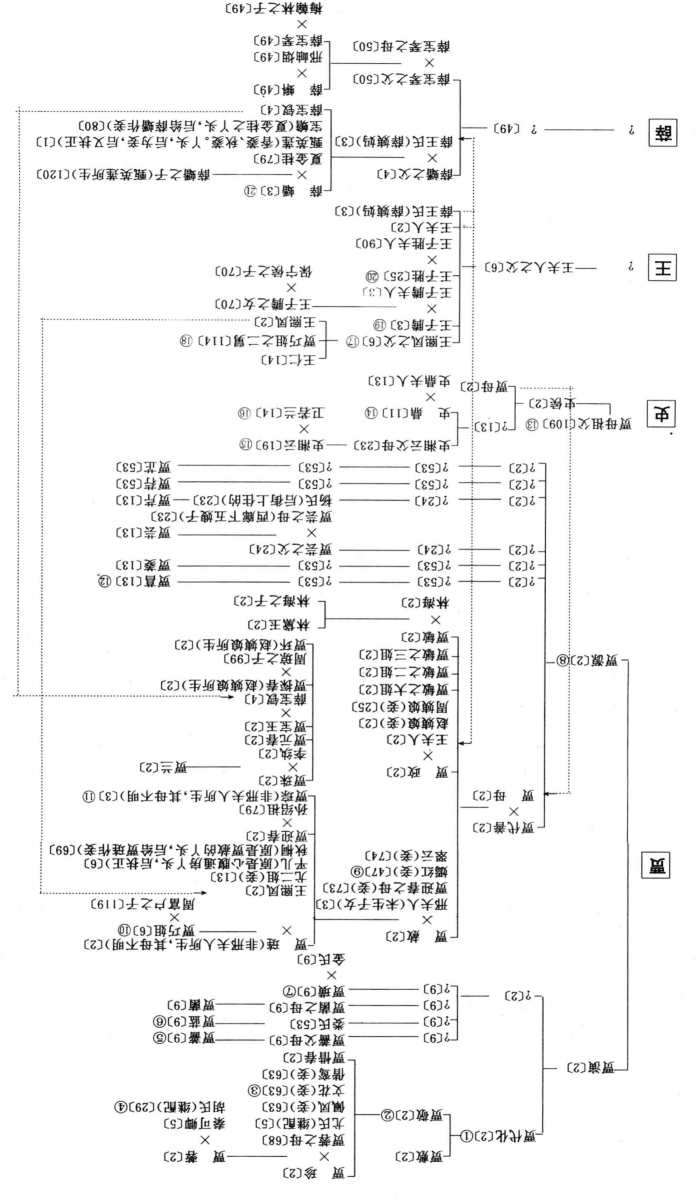

程乙本《红楼梦》人物表

一、程乙本《红楼梦》四大家族关系表

（一）四大家族关系表

（二）　贾府近支族人表

贾代儒〔8〕
　　×————————贾瑞父母〔12〕——贾瑞〔9〕
贾代儒妻〔12〕
　代修〔13〕

贾敕〔13〕
贾效〔13〕
贾敦〔13〕
贾珮之母〔71〕┬贾　珮〔13〕
　　　　　　　└贾喜鸾〔71〕
　　　　　　　　贾　珩〔13〕
　　　　　　　　贾　珖〔13〕
　　　　　　　　贾　琛〔13〕
贾琼之母〔71〕┬贾　琼〔13〕
　　　　　　　└贾四姐〔71〕
　　　　　　　　贾　璘〔13〕
　　　　　　　　　　　　　　　贾蓁〔13〕
　　　　　　　　　　　　　　　贾萍〔13〕
　　　　　　　　　　　　　　　贾藻〔13〕
　　　　　　　　　　　　　　　贾蘅〔13〕
　　　　　　　　　　　　　　　贾芬〔13〕
　　　　　　　　　　　　　　　贾芳〔13〕
　　　　　　　　　　　　　　　贾芝〔13〕
贾璎〔63〕

（三）　与贾、王两家联宗者人物表

贾　化（雨村）〔1〕㉒
　　×————————贾化之子（娇杏所生）〔2〕
贾　　　贾化嫡配〔2〕
　　　　娇杏（初为妾，后扶正）〔1〕

　　　王狗儿之祖〔6〕—王成〔6〕—王狗儿〔6〕┬王青儿〔6〕㉓
王　　　　　　　　　×————————————┤
　　　　　　　　　刘　氏〔6〕└王板儿〔6〕

（四）　与四大家族联姻者人物表

1. 尤氏的娘家

尤老娘（尤氏继母）〔11〕——
- 尤氏（非尤老娘所生）〔5〕
- 尤二姐（尤老娘改嫁尤家时带来）〔13〕
- 尤三姐（尤老娘改嫁尤家时带来）〔13〕

尤老娘前夫〔64〕
×
尤二姐之外祖母〔66〕——尤老娘〔11〕
- 尤二姐〔13〕
- 尤三姐〔13〕

2. 秦可卿的娘家

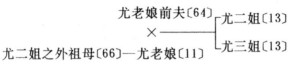

秦邦业〔7〕㉑
×
秦邦业夫人〔8〕
- 秦邦业养子〔8〕
- 秦可卿（养女）〔5〕
- 秦钟（非元配夫人所生，其母不明）〔5〕

3. 贾蓉继配胡氏的娘家

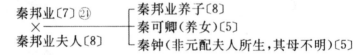

胡老爷〔92〕——胡氏〔29〕

4. 邢夫人的娘家

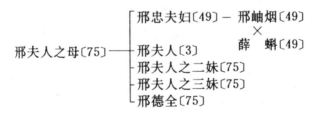

邢夫人之母〔75〕——
- 邢忠夫妇〔49〕-邢岫烟〔49〕
  ×
  薛　蝌〔49〕
- 邢夫人〔3〕
- 邢夫人之二妹〔75〕
- 邢夫人之三妹〔75〕
- 邢德全〔75〕

102

5. 贾巧姐的婆家

周富户〔119〕
　　　　×————————周富户之子〔119〕
周妈妈〔119〕　　　　　　×
　　　　　　　　　　　　贾巧姐〔6〕

6. 贾迎春的婆家

孙亲家太太〔84〕——孙绍祖〔79〕
　　　　　　　　　　×
　　　　　　　贾迎春〔2〕

7. 赵姨娘的娘家

┌赵姨娘〔2〕
└赵国基〔55〕

8. 李纨的娘家

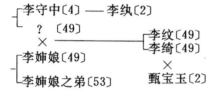

┌李守中〔4〕——李纨〔2〕
└　？　〔49〕
　　　×————————┌李纹〔49〕
┌李婶娘〔49〕　　　└李绮〔49〕
└李婶娘之弟〔53〕　　　×
　　　　　　　甄宝玉〔2〕

9. 贾探春的婆家

周　琼〔99〕
　　　×————————周琼之子〔99〕
周琼之妻〔104〕　　　×
　　　　　　　贾探春〔2〕

10. 贾敏的婆家

林海之父〔2〕——林海〔2〕　┌林黛玉〔2〕
　　　　　　　　×————┤
　　　　　　贾敏〔2〕　└林海之子〔2〕

11. 夏金桂的娘家

夏太爷〔79〕┌夏金桂〔79〕
　　×————┤
夏奶奶〔79〕└夏三(夏金桂过继兄弟)〔91〕

12. 甄英莲的娘家

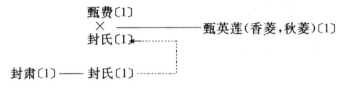

甄费〔1〕
×—————————甄英莲(香菱,秋菱)〔1〕
封氏〔1〕

封肃〔1〕—— 封氏〔1〕

13. 薛宝琴的婆家

梅翰林〔78〕———— 梅翰林之子〔49〕
×
薛宝琴〔49〕

14. 贾璜之妻金氏的娘家

？〔10〕
×—————————金荣(贾璜内侄)〔9〕
胡氏(贾璜内嫂)〔10〕

金氏(贾璜妻)〔9〕

15. 贾芸之母卜氏的娘家

卜氏(贾芸之母)〔23〕

卜世仁〔24〕
×—————————卜银姐〔24〕
卜世仁娘子〔24〕

16. 王狗儿之妻刘氏的娘家

刘老老〔6〕—— 刘氏〔6〕

（五） 金陵十二钗人物表

　　程乙本"金陵十二钗"人物表,除史湘云出现回目(第13回)与庚辰本(第19回)不同外,其余都一样。详《庚辰本人物表·金陵十二钗人物表》。

104

（六） 四大家族及其亲戚的官爵表

1. 贾演：宁国公〔2〕。

2. 贾代化：袭宁国公〔2〕。京营节度使、世袭一等神威将军〔13〕。

3. 贾敬：袭宁国公〔2〕。丙辰科进士〔13〕。死后追赐五品之职〔63〕。

4. 贾珍：袭宁国公〔2〕。世袭三品爵威烈将军〔13〕。革去世职，派往海疆效力赎罪〔107〕。仍袭宁国公三等世职〔119〕。

5. 贾蓉：江南应天府江宁县监生。捐防护内廷紫禁道御前侍卫龙禁尉〔13〕。

6. 贾源：荣国公〔2〕。

7. 贾代善：袭荣国公〔2〕。

8. 贾赦：袭荣国公〔2〕。现袭一等将军之职〔3〕。革去世职〔105〕。发往台站效力赎罪〔107〕。免罪〔119〕。

9. 贾琏：捐同知〔2〕。

10. 贾政：赐额外主事职衔，入部习学，升员外郎〔2〕。点了学差〔37〕。升工部郎中〔85〕。放江西粮道〔96〕。被参，降三级，仍以工部员外上行走〔102〕。承袭荣国府世职〔107〕。俟丁忧服满，仍升工部郎中〔119〕。

11. 贾元春：女史〔2〕。封为凤藻宫尚书，加封贤德妃〔16〕。谥曰贤淑贵妃〔95〕。

12. 贾宝玉：举人〔119〕。赏文妙真人道号〔120〕。

13. 贾兰：举人〔119〕。

14. 史鼎：忠靖侯〔11〕。

15. 王子腾：京营节度使。升九省统制，奉旨出都查边〔4〕。升九省都检点〔53〕。升内阁大学士〔95〕。谥文勤公〔96〕。

16. 贾化：中进士，姑苏知县〔2〕。应天府知府〔4〕。进京引见，候补京缺〔16〕。补授了大司马，协理军机，参赞朝政〔53〕。由知府推升转了御史，升了吏部侍郎，兵部尚书〔92〕。升了京兆府尹，兼管税务〔103〕。因犯贪婪罪，递籍为民〔120〕。

17. 林海：探花，升兰台寺大夫，钦点巡盐御史〔2〕。

18. 秦邦业：营缮司郎中〔8〕。

19. 胡老爷（贾蓉继配胡氏之父）：京畿道〔92〕。

20. 李守中：国子祭酒〔4〕。

21. 孙绍祖：现袭指挥之职，在兵部候缺题升〔79〕。

22. 周琼：镇守海门等处总制〔99〕。

二、程乙本《红楼梦》四大家族奴仆表

（一） 宁国府奴仆

1. 全家合用奴仆

　　焦大〔7〕

　　赖升(大总管)〔7〕㉕

　　　　　　×

　　赖升媳妇〔14〕

　　宁府误事婆子(秦可卿丧中点卯未到)〔14〕

　　鲍　二〔44〕㉖

　　　　　　×

　　鲍二家的〔44〕

　　乌进孝(庄头)〔53〕

　　俞禄(小管家)〔64〕

2. 各房专用奴仆

　　贾珍、尤氏

　　　　兴儿〔53〕

　　　　喜儿〔65〕

　　　　寿儿〔65〕㉗

　　　　　　(以上小厮)

銀蝶儿〔75〕㉘

　　（以上丫头）

贾蓉、秦可卿

　　瑞珠〔13〕

　　宝珠〔13〕

　　　（以上丫头）

贾惜春

　　入画〔7〕

　　彩屏（彩儿）〔29〕

　　　（以上丫头）

（二）　荣国府奴仆

1. 全家合用奴仆

余　信（管各庙月例银子）〔7〕

　　×

余信家的〔7〕

吴新登（管库房的总领）〔8〕

　　×

吴新登媳妇〔34〕

戴良（仓上的头目）〔8〕

钱华（买办）〔8〕

王　兴〔14〕

　　×

王兴媳妇〔14〕

张材家的〔14〕

赖　大（大总管）〔16〕㉙

　　　　×

赖大家的〔27〕

林之孝（管家，收管各处田房事务〔16〕

　　　　×

林之孝家的〔17〕

多官儿（"多浑虫"，厨子）〔21〕

　　　　×

多姑娘儿〔21〕

聋婆子〔33〕

郑好时媳妇〔34〕

金彩夫妇（在南京看房子）〔46〕

乌进孝之弟（庄头）〔53〕

单大娘（管事的头脑）〔56〕㉚

钱槐父母（在库上管帐）〔60〕

兴儿（二门上该班的人）〔65〕

郝家庄管地租的人〔93〕

包勇〔93〕

李德〔93〕

2. 大观园专用奴仆

老祝妈（管竹子）〔56〕

老田妈（管菜蔬稻稗）〔56〕

老叶妈（焙茗之母，春燕姑妈，莺儿干娘，管花草）〔56〕

夏婆子（何妈之姐，春燕姨妈，藕官干娘，初到梨香院照顾女
　　　戏子，后到大观园后门）〔58〕

柳家媳妇(管大观园厨房)〔60〕

小幺儿(看守大观园后门的小厮)〔60〕

秦显家的(大观园里东南角子上夜的)〔61〕

彩屏(彩儿)的娘(大观园伺候的人)〔62〕

费大娘的亲家母(大观园值夜班)〔71〕

大观园值夜班婆子(与费大娘的亲家母值夜班)〔71〕

林之孝的两姨亲家〔73〕

柳家媳妇之妹〔73〕

张妈(大观园看后门的)〔74〕

吴贵夫妇(大观园买办杂差)〔77〕㉛

大观园看守花木婆子〔83〕

黑儿之母(大观园看守花果)〔90〕

大观园看腰门婆子甲〔108〕

大观园看腰门婆子乙〔108〕

3. 大观园专用女戏子

龄官(又名椿龄,小旦)〔18〕

文官(后归贾母)〔23〕

宝官(小生)〔30〕

玉官(正旦)〔30〕

葵官(大花面,后归史湘云)〔36〕㉜

药官(小旦)〔36〕

芳官(正旦,后归贾宝玉,以后又到水月庵当尼姑)〔54〕

蕊官(小旦,后归薛宝钗,以后又到地藏庵当尼姑)〔58〕

藕官(小生,后归林黛玉,以后又到地藏庵当尼姑)〔58〕

豆官(小花面,后归薛宝琴)〔58〕

110

艾官（老外,后归贾探春）〔58〕

茄官（老旦,后归尤氏）〔58〕

4.大观园专用尼姑、道姑

妙玉（栊翠庵尼姑）〔17〕

栊翠庵道婆（伏侍妙玉）〔41〕㉝

栊翠庵女尼（伏侍妙玉）〔87〕

沁香（十二个小尼姑之一）〔93〕

鹤仙（十二个女道士之一）〔93〕

妙玉的当家的〔115〕

5.各房专用奴仆

贾　母

金文翔（贾母的买办）〔46〕

×

金文翔媳妇（贾母房浆洗上的头儿）〔46〕

老王家的〔72〕

傻大姐之母（贾母房浆洗衣服的）〔74〕

（以上男女仆人）

金鸳鸯（鸳鸯）〔20〕

琥珀〔20〕

鹦鹉〔29〕㉞

珍珠〔29〕

靓儿〔30〕㉟

翡翠〔59〕

玻璃〔59〕

傻大姐〔73〕

（以上丫头）

史湘云

周奶妈〔31〕

翠缕（丫头）〔21〕

贾赦、邢夫人

秦司棋之父〔61〕

拴儿〔102〕㊱

（以上男仆）

费大娘〔71〕

王善保家的〔74〕

（以上邢夫人陪房）

贾琏、王熙凤

王信〔68〕㊲

（以上男仆）

彩明〔7〕

昭儿〔14〕

住儿〔39〕

隆儿〔65〕

庆儿〔68〕

（以上小厮）

来　旺（旺儿）〔14〕

　　　×

来旺媳妇〔11〕

来喜家的〔74〕

（以上王熙凤陪房）

赵嬷嬷〔16〕

    （以上贾琏乳母）

丰儿〔7〕

林红玉（小红，原贾宝玉的丫头，后给王熙凤）〔24〕

善姐〔68〕

    （以上丫头）

贾巧姐

    李妈（奶妈）〔7〕

    刘妈妈（教巧姐女工针黹）〔92〕

贾迎春

    贾迎春之乳母〔73〕

        （以上乳母）

    贾迎春陪嫁婆子〔109〕

        （以上陪嫁婆子）

    秦司棋（司棋）〔7〕

    绣桔〔29〕

    莲花儿〔61〕

        （以上丫头）

贾　琮

    贾琮之奶妈〔24〕

贾政、王夫人

    秦显〔61〕

        （以上男仆）

    周瑞（管春秋两季租子，带小爷们出门）〔6〕

        ╳

    周瑞家的（跟太太奶奶们出门）〔6〕㊳

113

117

吴兴家的〔74〕

郑华家的〔74〕

(以上王夫人陪房)

白金钏(金钏儿)〔7〕

彩云〔23〕

彩凤〔23〕㊴

绣鸾〔23〕

绣凤〔23〕

白玉钏(玉钏儿)〔25〕

彩霞〔25〕

彩鸾〔62〕

(以上丫头)

赵姨娘

小吉祥儿〔57〕

小鹊〔73〕

(以上丫头)

李　纨

素云〔29〕

碧月〔29〕

(以上丫头)

贾　兰

贾兰之奶母〔78〕

贾元春

抱琴(丫头)〔18〕

贾宝玉、薛宝钗

李贵(奶妈李嬷嬷之子)〔9〕

114

118

王荣〔52〕⑩

张若锦〔52〕

赵亦华〔52〕

钱升〔52〕㊶

　　（以上贾宝玉男仆）

叶焙茗（本名茗烟，后改焙茗，书童）〔9〕㊷

扫红〔9〕

锄药〔9〕

墨雨〔9〕

双瑞〔28〕

寿儿〔28〕

伴鹤〔52〕㊸

　　（以上贾宝玉小厮）

李嬷嬷〔3〕㊹

　　（以上贾宝玉奶妈）

宋妈〔37〕

何妈（春燕之母，芳官干娘，初到梨香院照顾女戏子，后

　　到怡红院端饭）〔58〕

　　（以上贾宝玉女仆）

花袭人（本名蕊珠，改名袭人，原贾母的丫头，后给宝

　　玉）〔8〕㊺

晴雯〔5〕㊻

麝月〔5〕

秋纹〔5〕㊼

茜雪〔7〕

绮霞〔20〕㊽

115

119

碧痕〔20〕

四儿(本名芸香,后改蕙香,又改四儿)〔21〕

檀云〔24〕

佳蕙〔26〕

坠儿〔26〕

良儿〔52〕

定儿〔52〕㊾

春燕〔59〕

柳五儿〔60〕㊿

(以上贾宝玉丫头)

黄金莺(莺儿)〔7〕

文杏〔29〕

(以上薛宝钗丫头)

贾探春

侍书〔7〕

翠墨〔29〕

小蝉儿(夏婆子的外孙女)〔60〕

(以上丫头)

贾　环

赵国基(赵姨娘之弟,男仆)〔55〕

钱槐(赵姨娘之内亲,小厮)〔60〕(51)

林黛玉

王嬷嬷〔3〕

(以上奶妈)

雪雁〔3〕

鹦哥〔3〕(52)

紫鹃〔8〕

春纤〔34〕

(以上丫头)

(三) 薛家奴仆

1. 薛家合用奴仆

张德辉(当铺内总揽)〔48〕

张德辉之长子〔48〕

李祥(小厮)〔86〕

薛家门上人〔91〕

2. 各房专用奴仆

薛姨妈

同喜〔29〕

同贵〔29〕

(以上丫头)

薛蟠、夏金桂

老苍头(薛蟠之奶公)〔48〕

小舍儿(夏金桂丫头)〔80〕

臻儿(甄英莲丫头)〔27〕

邢岫烟

篆儿(邢岫烟丫头)〔57〕

薛宝琴

小螺(丫头)〔52〕

（四）　房分不明的奴仆

万儿(只知是宁国府的丫头)〔19〕

可人(只知是荣国府的丫头)〔46〕

潘又安(秦司棋的姑表兄弟,只知是贾府的小厮)〔71〕㊼

入画之兄(只知是宁国府的小厮或男仆)〔74〕

（五）　奴仆们的亲属关系

1.赖升的亲属

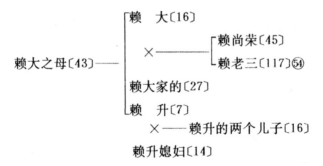

2.乌进孝的亲属

┌乌进孝〔53〕
└乌进孝之弟〔53〕

118

3. 入画的亲属

- 入画之父母〔74〕
  - 入画之兄〔74〕
  - 入画〔27〕
- 入画之叔婶〔74〕

4. 彩屏的亲属

彩屏的娘〔62〕——彩屏(彩儿)〔29〕

5. 林之孝的亲属

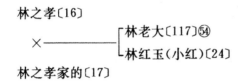

林之孝〔16〕
×
林之孝家的〔17〕
- 林老大〔117〕(54)
- 林红玉(小红)〔24〕

6. 多官儿的亲属

多官儿之父〔21〕(55)——多官儿〔21〕
×
多姑娘儿〔21〕

7. 金鸳鸯的亲属

金彩夫妇〔46〕——
- 金文翔〔46〕
  ×
  金文翔媳妇〔46〕
- 金鸳鸯之姐〔72〕
- 金鸳鸯(鸳鸯)〔20〕

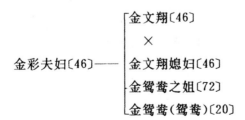

8. 钱槐的亲属

钱槐之父母〔60〕——钱槐〔60〕

9. 老祝妈的亲属

老祝妈之夫〔56〕

×————————老祝妈之子〔56〕

老祝妈〔56〕

10. 老叶妈等的亲属

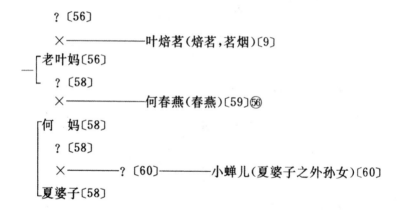

```
        ？〔56〕
        ×—————叶焙茗(焙茗,茗烟)〔9〕
  ┌老叶妈〔56〕
  └  ？〔58〕
        ×—————何春燕(春燕)〔59〕㊴
  ┌何   妈〔58〕
  │  ？〔58〕
  │     ×————？〔60〕————小蝉儿(夏婆子之外孙女)〔60〕
  └夏婆子〔58〕
```

11. 柳家媳妇的亲属

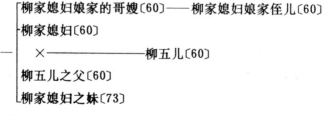

```
  ┌柳家媳妇娘家的哥嫂〔60〕——柳家媳妇娘家侄儿〔60〕
  ├柳家媳妇〔60〕
 一│    ×—————柳五儿〔60〕
  ├柳五儿之父〔60〕
  └柳家媳妇之妹〔73〕
```

120

124

12. 秦司棋的亲属

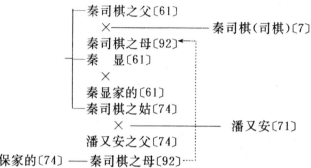

13. 大观园值夜班婆子(与费大娘的亲家母值夜班)的亲属

大观园值夜班婆子〔71〕——婆子之女〔71〕

14. 大观园看守花木婆子的亲属

大观园看守花木婆子〔83〕——？〔83〕——毛丫头(外孙女)〔83〕

15. 黑儿之母的亲属

黑儿之母〔90〕——黑儿〔90〕

16. 妙玉的亲属

妙玉之父母〔17〕——妙玉〔17〕

17. 傻大姐的亲属

傻大姐之母〔74〕———— 傻大姐〔73〕

18. 费大娘的亲属

费大娘〔71〕———————— 费大娘之子〔71〕

×

费大娘的亲家母〔71〕—⎡费大娘之媳〔71〕
⎣费大娘儿媳之妹〔71〕

19. 王信的亲属

王　信〔68〕

×

王信（"信"误为"姓"）之妻〔70〕

20. 来旺的亲属

来　旺〔14〕

×————————来旺之子〔72〕

来旺媳妇〔11〕

21. 赵嬷嬷的亲属

赵嬷嬷〔16〕—⎡赵天梁〔16〕
⎣赵天栋〔16〕

122

22. 贾迎春乳母的亲属

贾迎春乳母〔73〕——？〔73〕

　　　　　　×

玉柱儿媳妇〔73〕

23. 周瑞的亲属

周　瑞〔6〕

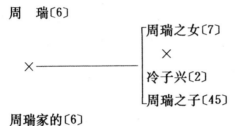

周瑞家的〔6〕

24. 白金钏的亲属

白老媳妇儿〔30〕——┌白金钏（金钏儿）〔7〕
　　　　　　　　　　└白玉钏（玉钏儿）〔25〕

25. 彩霞的亲属

彩霞之父母〔72〕——┌彩霞〔25〕
　　　　　　　　　└小霞〔72〕

26. 李贵的亲属

李嬷嬷〔8〕——李贵〔9〕

27. 花袭人的亲属

123

127

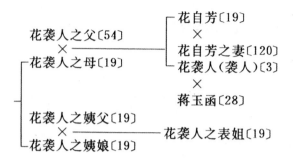

28. 晴雯的亲属

吴　贵(晴雯的姑舅哥哥)〔77〕

　　×

吴贵之妻〔77〕

29. 坠儿的亲属

坠儿之母〔52〕——坠儿〔26〕

30. 黄金莺的亲属

黄金莺(莺儿)之母〔56〕——黄金莺(莺儿)〔7〕

31. 张德辉的亲属

张德辉〔48〕——张德辉之长子〔48〕

三、程乙本《红楼梦》其他与
四大家族有关的人物表

（一） 皇室

太妃〔58〕

太上皇〔16〕

　　×——————皇　帝〔2〕

皇太后〔16〕　　　　×

　　　　　　　　周贵妃〔16〕

　　　　　　　　吴贵妃〔16〕

　　　　　　　　贾元春〔2〕

（二） 皇亲国戚

周贵妃之父〔6〕——周贵妃〔16〕

吴天祐〔16〕——吴贵妃〔16〕

永昌驸马〔71〕

（三） 文武官吏及其亲属

严老爷（曾拜访甄费）〔1〕

125

甄老太太〔2〕—— 甄应嘉（钦差金陵省体仁院总裁）〔2〕

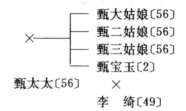
┌── 甄大姑娘〔56〕
├── 甄二姑娘〔56〕
├── 甄三姑娘〔56〕
└── 甄宝玉〔2〕

甄太太〔56〕　　×

　　　　　　　李　绮〔49〕

张如圭（贾化旧日同僚）〔3〕

穆莳（东安郡王）〔3〕

王老爷（曾拜访贾化）〔4〕

于老爷（静虚曾去他家）〔7〕

临安伯老太太（荣府曾给她送寿礼）〔7〕——临安伯（曾请贾赦等吃酒）〔93〕

冯　唐（神武将军）〔26〕

　×———————冯紫英〔10〕

冯紫英之母〔26〕

南安郡王太妃〔25〕—— 南安郡王〔11〕

　　　　　　　　　×——?〔14〕——南安郡王之孙〔14〕

　　　　　　　南安郡王妃〔71〕

东平郡王〔11〕

西宁郡王〔11〕——?〔14〕—— 西宁郡王之孙〔14〕

北静王太妃〔58〕—— 世　荣（北静郡王）〔11〕⑤⑧

　　　　　　　　　×

　　　　　北静王妃〔58〕

（以上南安郡王、东平郡王、西宁郡王、北静郡王合称"四王"）

牛清（镇国公）〔11〕——?〔14〕—— 牛继宗（现袭一等伯）〔14〕⑤⑨

126

130

杨提督的太太（王熙凤曾说把人参送她配药）〔12〕

义忠亲王老千岁（秦可卿用的棺材板，原是为他买了未用的）〔13〕

┌襄阳侯〔13〕——？〔14〕——戚建辉（世袭二等男）〔14〕
└老三〔13〕

冯胖子（永兴节度使）〔13〕——冯胖子之子〔13〕

老赵（户部堂官）〔13〕

锦乡侯〔13〕

×

锦乡侯诰命〔25〕⑩

川宁侯〔13〕

寿山伯〔13〕

缮国公〔14〕

×——————？〔14〕——石光珠〔14〕

缮国公诰命〔14〕

西安郡妃〔14〕

柳彪（理国公）〔14〕——？〔14〕——柳芳（现袭一等子）〔14〕

陈翼（齐国公）〔14〕——？〔14〕——陈瑞文（世袭三品威镇将军）〔14〕

马魁（治国公）〔14〕——？〔14〕——马尚德（世袭三品威远将军）〔14〕⑪

侯晓明（修国公）〔14〕——？〔14〕——侯孝康（世袭一等子）〔14〕

（以上镇国公、缮国公、理国公、齐国公、治国公、修国公六家与宁、荣二家合称"八公"）

平原侯〔14〕——？〔14〕——蒋子宁（世袭二等男）〔14〕

定城侯〔14〕——？〔14〕——谢鲲（世袭二等男兼京营游击）〔14〕⑫

景田侯〔14〕——？〔14〕——裘良（五城兵马司）〔14〕

锦乡伯〔14〕——韩奇〔14〕

陈也俊（王孙公子）〔14〕

北静王府长府官〔14〕

胡老爷（静虚曾为他家念《血盆经》）〔15〕

长安府太爷〔15〕

李少爷（长安府太爷的小舅子）〔15〕

长安守备〔15〕——长安守备公子〔15〕

云光（长安节度使）〔15〕

工部官员〔18〕

五城兵马司〔18〕

仇都尉之子（曾被冯紫英打伤）〔26〕

沈世兄（贾府世交）〔26〕

赵侍郎（贾府到清虚观打醮，他家曾送礼）〔29〕

忠顺亲王（曾派长史官到荣府找蒋玉函）〔33〕

忠顺府长府官〔33〕

┌傅试（通判）〔35〕
└傅秋芳〔35〕

┌ ？〔66〕————————柳湘莲（世家子弟）〔47〕
└柳湘莲之姑母〔66〕

王希献（特晋爵太傅前翰林掌院事）〔53〕⑬

平安州节度（李御史曾参奏他奉承京官贾赦犯罪）〔66〕

察院（张华曾往都察院告贾琏）〔68〕

乐善郡王〔71〕

128

129

（四）　太监

（五）　宫女

130

（六） 官衙差役

应天府门子（原葫芦庙小沙弥）〔4〕

      ×

应天府门子之妻〔4〕

太平县仵作（张三被薛蟠打死，他曾验尸伤）〔86〕

太平县仵吏（改轻薛蟠罪责）〔86〕

李十儿（江西粮道管门的）〔99〕

詹会（江西粮道粮房书办）〔99〕

周二爷（江西粮道幕僚）〔99〕

（七） 皇粮庄头

张华之祖〔64〕——张华之父〔64〕——张华〔64〕

（八） 城乡财主

冯渊之父（金陵小乡绅）〔4〕

      ×————————冯渊〔4〕

冯渊之母〔4〕

张施主（长安大财主）〔15〕——张金哥〔15〕

吴良（太平县民）〔86〕

（九）　城市居民

（十）　农家妇女

（十一）　塾师

（十二）　贾府义学学生

（十三）　医生

132

```
    ┌─ ？〔42〕───？〔42〕───王济仁〔28〕
────┤
    └─王君效〔42〕
    胡君荣〔51〕
    毕知庵〔98〕
    刘大夫〔109〕
```

（十四）　艺人

蒋玉函〔28〕

　　　　×

花袭人〔3〕
李先儿（常到贾府说唱）〔54〕⑥⑦
女先儿（常到贾府说唱）〔54〕

（十五）　园林设计

山子野（胡老名公）〔16〕

（十六）　花匠

方椿〔24〕

（十七）　商贩

冷子兴（古董商）〔2〕

　　　　×

周瑞之女〔7〕

133

王短腿(马贩子)〔24〕

李二(酒店主人)〔86〕

张三(酒店当槽)〔86〕

〔张三的亲属〕

```
  ┌─ 张  大〔86〕
  │                        ┌─ 张大〔86〕
──┤   × ──────────────────┼─ 张二〔86〕
  │                        └─ 张三〔86〕
  │
  ├─ 张王氏〔86〕
  └─ 张  二〔86〕
```

（十八） 奴仆

甄英莲(香菱)之奶母〔1〕

甄家小童(甄费之男仆)〔1〕

霍启(甄费家人)〔1〕

冯渊家人(冯渊命案原告)〔4〕

冯家管家女人甲(荣府在清虚观打醮,冯紫英家派她去送礼)〔29〕

冯家管家女人乙(荣府在清虚观打醮,冯紫英家派她去送礼)〔29〕

傅家婆子甲(傅试家派往荣府请安)〔35〕

傅家婆子乙(傅试家派往荣府请安)〔35〕

杏奴(柳湘莲小厮)〔47〕

甄府女仆甲(甄应嘉府中派往贾府送礼请安)〔56〕

甄府女仆乙(甄应嘉府中派往贾府送礼请安)〔56〕

甄府女仆丙（甄应嘉府中派往贾府送礼请安）〔56〕
甄府女仆丁（甄应嘉府中派往贾府送礼请安）〔56〕
鲍音（太师镇国公贾化家人）〔101〕
时福（世袭三等职衔贾范家人）〔101〕

（十九） 媒婆

朱大娘（官媒婆）〔72〕

（二十） 清客

詹光〔8〕
单聘仁〔8〕
卜固修〔16〕
程日兴〔16〕
胡斯来〔26〕
王作梅〔84〕
嵇好古〔86〕

（二十一） 讼师

诉讼先生（替薛家出主意，减轻薛蟠罪责）〔86〕

（二十二） 算卦先生

算命的（贾母曾叫他算过贾元春的命）〔86〕

135

刘铁嘴〔94〕

毛半仙〔102〕

（二十三） 风水先生

阴阳生〔14〕

天文生〔63〕

时觉〔70〕

（二十四） 泼皮

倪　二（"醉金刚"）〔24〕

　　×—————————倪二之女〔24〕

倪二娘子〔24〕

何三（周瑞的干儿子）〔88〕

送玉人（贾宝玉失玉后，来送假玉的人）〔95〕

小张（贾芸强占其妻）〔104〕

（二十五） 拐子

拐子（拐甄英莲的人）〔4〕

（二十六） 妓女

云儿〔28〕

136

（二十七） 僧人

葫芦庙和尚〔1〕

智通寺老僧〔2〕

万和尚（总理虚无寂静沙门僧录司正堂）〔13〕

色空（铁槛寺住持）〔14〕

（二十八） 尼姑

智能儿（水月庵小姑子）〔7〕

静虚（水月庵姑子）〔7〕

智善（水月庵小姑子）〔15〕

妙玉师父（牟尼院姑子）〔17〕

水仙庵老姑子〔43〕

智通（水月庵姑子）〔77〕

圆信（地藏庵姑子）〔77〕⑥⑧

大了（散花寺姑子）〔101〕

（二十九） 道士

叶道士（总理元始正一教门道纪司正堂）〔13〕

张道士（玉皇阁道士）〔25〕

张法官（清虚观道士）〔29〕

清虚观小道士〔29〕

水仙庵老道〔43〕

王道士（王一贴，天齐庙道士）〔80〕

法官甲（贾赦请他到大观园中驱邪）〔102〕

法官乙（贾赦请他到大观园中驱邪）〔102〕

法官丙（贾赦请他到大观园中驱邪）〔102〕

（三十）　巫婆

马道婆〔25〕

（三十一）　外国人

真真国女儿〔52〕

通官（翻译官）〔52〕

（三十二）　神人仙子

茫茫大士〔1〕

渺渺真人〔1〕

空空道人〔1〕

警幻仙子〔1〕

神瑛侍者〔1〕

绛珠仙草〔1〕

痴梦仙姑〔5〕

钟情大士〔5〕

灰侍者〔5〕

引愁金女〔5〕

138

度恨菩提〔5〕

兼美〔5〕

木居士〔5〕

注：

①　贾演之子：宁国公有几个儿子，甲戌、庚辰、戚序本原都作"四个儿子"。程乙本改为"两个儿子"，殊失原作者意图。

②　贾敬：庚辰本第13回写秦可卿之丧，贾蓉捐官，开履历，祖父是"乙卯科进士贾敬"。程乙本改"乙卯"为"丙辰"，实属多事。因为小说人物，本属虚构，哪一年中进士，都是可以的。

③　文花：庚辰、戚序本第75回写宁国府赏月，"命佩凤吹箫，文化唱曲"。程乙本改"文化"为"文花"，可能是因为"文化"不像妇女的名字。

④　胡氏：贾蓉的继配，庚辰本说是许氏。详《庚辰本人物表》注②。程乙本改为胡氏，并在第92回写明是"从前做过京畿道的胡老爷的女孩儿"。只就改动姓氏而论，是没有什么道理的。

⑤　贾蔷：庚辰本第36回写贾宝玉到梨香院让龄官唱曲，宝官说："只略等一等，蔷二爷来了叫他唱，是必唱的。"这里称贾蔷是"二爷"，则贾蔷就还应有哥哥。程乙本第36回仍称"二爷"，但到第119回写贾巧姐从刘姥姥家回贾府，众家人对贾琏说，出卖巧姐，"都是三爷、蔷大爷、芸二爷作主，不与奴才们相干。"则改为"蔷大爷"，前后不能统一。这里的"三爷"指贾环，是贾政的第三子；贾芸称"二爷"，亦与第24回提法相符；那么，贾蔷称"大爷"，亦应该是实际上排行老大，这就更显出前后互相矛盾的问题了。

⑥　贾蓝：庚辰本第9回写"顽童闹学堂"，有人把砚瓦扔在

139

贾菌的座上。下面接着写道:"这贾菌亦系荣国府近派的重孙,其母亦少寡,独守着贾菌。这贾菌与贾兰最好,所以二人同桌而坐。谁知贾菌年纪虽小,志气最大,极是淘气不怕人的。……贾菌如何依得,便骂'好囚攘的们,这不都动了手了么?'骂着,也便抓起砚砖来要打回去。贾兰是个省事的,忙按住砚,极口劝道:'好兄弟,不与咱们相干。'贾菌如何忍得住,便两手抱起书匣子来照那边抢了去。"作者在这里,一是写了贾兰已经入学读书;二是写了贾菌在贾府的地位;三是写了"这贾菌与贾兰最好";四是写了这两个人的不同性格,即贾菌"极是淘气不怕人的","贾兰是个省事的"。这些都是作者的有意安排。到第 53 回,作者又安排"贾菌之母娄氏带了贾菌"去参加荣国府的元宵夜宴,第 54 回又安排贾菌和贾兰挨着坐着;又是对第 9 回的呼应。甲戌本第 1 回于"昨怜破袄寒,今嫌紫蟒长"下有脂批说:"贾兰、贾菌一干人",是在预示他们在仕途中有相同的遭遇,可惜我们不能看到作者给他们写的结局了。程乙本的改编者违背了作者的意愿,在第 9 回中把"贾兰"改成了"贾蓝",到第 53、54 两回中又把"贾菌"改成了"贾蓝"。这样一来,一是把贾兰入学读书时情节取消了,使贾兰这个人物以后的发展失去了最初的依据;二是贾菌在第 53、54 两回中不再出现,使这个人物在后边得不到照应;三是凭空添出贾蓝这个人物,对故事情节没有增添,反致紊乱。可以说,程乙本添出贾蓝这个人物,是"妄改"之一例。

⑦ 贾璜:庚辰本第 9 回茗烟称贾璜之妻为"东胡同子里(戚序本作'东胡同的')璜大奶奶",还说她是"主子奶奶"。又第 54 回写荣国府元宵开夜宴,到三更天,贾母让贾珍等先走,贾珍"便命人将贾琮、贾璜各自送回家去"。为什么贾琮、贾璜这两个人要派人送呢?他们在贾府中有什么特殊身份呢?根据第 2 回

140

144

所写贾赦有二子,长曰贾琏,又根据书中对于贾琮的具体描写,可以认为贾琮是贾赦的次子。但对于贾璜,只从"东胡同子里"和"主子奶奶"两点,却不能指明他是贾府的什么人。庚辰本在这里留下了漏洞。程乙本"冷子兴演说荣国府"中把贾赦二子改为一子,给贾琮这个人物的归属制造了新的问题;但在第9回中却把贾璜从"东胡同子里"改到了"东府里","东府"就是"宁国府",这就把贾璜写成了宁国公的后代,身份就不同了,具备了被贾珍派人送的条件了。又由于贾璜不是袭爵的贾代化的一支,所以从血统上说,是"贾家玉字辈的嫡派";而从家产上说,却是分居另过,不能"象宁、荣二府的家势",书中称为"族人"。

⑧ 贾源:荣国公的名字,在第3回作"贾源",到第53回又作"贾法"。一个人列出两个名字,又未作任何说明,显系作者疏漏。详《庚辰本人物表》注⑤。程乙本对于原作的人物,做了不少变动,而在许多地方却仍然让原作者的疏漏保存下来。这是一个例子。

⑨ 删去娇红:庚辰本第70回写史湘云等填过柳絮词后,飘来了一个断了绳的风筝,贾宝玉说:"我认得这风筝。这是大老爷那院里娇红姑娘放的。"按戚序本,这里的"娇红"作"嫣红"。嫣红是贾赦的妾,看来庚辰本出现的娇红,应是贾赦的另一个妾。详《庚辰本人物表》注⑦。程乙本和戚序本一样,只有嫣红,没有娇红。上面两种写法,后一种少了一个人。从第3回林黛玉去见贾赦,"一时进入正室,早有许多盛妆丽服之姬妾丫鬟迎着"的描写来看,减少贾赦的姬妾的数目,是不符合作者的创作意图的。

⑩ 贾巧姐:庚辰本第27、29两回,都写王熙凤有两个女儿:大的叫巧姐儿,小的叫大姐儿。到第42回又写成王熙凤只有大姐儿一个女儿,而且由刘姥姥给她起了巧姐的名字。这就前后

发生了矛盾。详《庚辰本人物表》注⑧。程乙本改写为王熙凤从始至终只有女儿一人，原来的矛盾现象就消除了。

⑪　贾琮：贾赦有几个儿子？甲戌、庚辰、戚序本原都作"也有二子，长名贾琏"。次子是谁？据书中的具体描写看，应是贾琮。详《庚辰本人物表》注⑨。程乙本改作"也有一子，名叫贾琏"，这对于贾琮在荣国府的特殊地位，就无法解释了。寿芝于清光绪年间作的《红楼梦谱》、周汝昌《红楼梦新证》1976年增订本所附《小说贾氏世系表》，都把贾琮列为贾赦之幼子；惟前书列为三子，后书列为次子。这两种人物表，都和书中对贾琮的具体描写相符合，只是寿芝说贾赦的长子"早夭"，次子是贾琏，三子是贾琮，不知所据的是哪一种版本。

⑫　贾菖、贾菱、贾芹、贾荇、贾芷：贾菖等五人应为贾代善诸弟的后代，理由已详《庚辰本人物表》注⑪。惟程乙本把第23回写的贾芹之母周氏改成了杨氏，实无必要。

⑬　贾母之祖父：庚辰本第2回"冷子兴演说荣国府"，说荣国公长子贾代善"娶的是金陵世勋史侯家的小姐为妻"。这里写的"史侯家的小姐"是贾母，"史侯"就是贾母的父亲。程乙本字句略有变动，写成"娶的是金陵世家史侯的小姐为妻"，更加肯定了史侯与贾母的关系。到第109回写贾母把她"祖上所遗的一块汉玉玦"给贾宝玉时说："这块玉还是祖爷爷给我们老太爷，老太爷疼我，临出嫁的时候叫了我去，亲手递给我的。"在这里，除了贾母的父亲之外，又写出了贾母的祖父。这样，本人物表，就比庚辰本人物表多出"贾母祖父"一人。

⑭　删去史鼐：史湘云的父辈，在庚辰本中为弟兄三人。史湘云之父居长，二叔是保龄侯史鼐，三叔是忠靖侯史鼎。只是作者没有把三人的行第排列清楚，需要读者细加考索。详《庚辰本

人物表》注⑬。这条注已经提到庚辰本第 49 回中的"保龄侯史
鼐",戚序本作"保龄侯史鼎"。以后到程乙本,可能是觉得仍有矛
盾,就进一步改作"忠靖侯史鼎"。这样,两个封号变成了一个封
号,史湘云的父辈由三人合并成为两人。看起来,史家的世系清
楚了,但却违背作者原来写史家有两个侯爵的意图。

　　⑮　史湘云:在庚辰本中,作者安排在第 19 回写袭人对贾
宝玉的谈话中把史湘云提出来。程乙本改为第 13 回秦可卿丧中
"忠靖侯史鼎的夫人,带着侄女史湘云来了"。提前了史湘云在书
中出现的时间,可能是认为以史湘云与贾母的关系,不应出现太
晚。不知史湘云小时在贾母身边生活的情况,作者是安排在第
32 回通过袭人与史湘云的回忆补叙出来的。袭人对史湘云说:
"你还记得十年前,咱们在西边暖阁住着,晚上你同我说的话儿?
那会子不害臊,这会子怎么又害臊了?""先姐姐长姐姐短哄着我
替你梳头洗脸,作这个弄那个,如今大了,就拿出小姐的款来。"
史湘云道:"阿弥陀佛,冤枉冤哉!"这种补叙的方法,是小说中的
常用表现手法。这里既然已经把史湘云在贾母身边的生活回溯
到十年前,秦可卿之丧,史湘云出现与否都是可以的。

　　⑯　卫若兰:史湘云之夫应是卫若兰。详《庚辰本人物表》注
⑭。只是程乙本第 106 回写史湘云"不多几日就要出阁",第 109
回和 110 回写她女婿得了重病,第 118 回死去:均未写明她丈夫
是谁。不知用意何在。

　　⑰　删去王熙凤之母:庚辰、戚序、程甲本第 14 回写王熙凤
协理宁国府的忙碌情形时,其中提到"又有胞兄王仁连家眷回
南,一面写家信禀叩父母,并带往之物",说明当时王熙凤有父母
在南方。程乙本把这里的"禀叩父母"去掉,王熙凤就成为没有母
亲的人。按第 5 回写《金陵十二钗正册》对王熙凤的判词:"一从

二令三人木,哭向金陵事更哀",王熙凤被休后,还要回到金陵娘家去,这和娘家有父母应有重要关系。程乙本的这种改动,实在是对原著有损害的。

⑱　贾巧姐之二舅:庚辰本写王熙凤的娘家弟兄,只有一个胞兄王仁。程乙本在第114回以前也是一样。到第114回写王熙凤死了,王仁对贾巧姐说:"你母亲娘家的亲戚就是我和你二舅舅了。"这就给贾巧姐突然添了个"二舅舅"。这"二舅舅"没有正式出场,也没有任何言行,而且不知道他和王熙凤的年龄谁长谁幼。程乙本增加这个人物实在是毫无意义的。本人物表,暂作为王熙凤之二哥列入。

⑲　王子腾:庚辰本第3回叙述"薛蟠倚财仗势,打死人命,现在应天府案下审理。如今母舅王子腾得了信息,故遣他家内的人来告诉这边,意欲唤取进京之意"时,已写明王子腾是王夫人之兄。程乙本第3回的叙述也相同。但到第96回写贾元春死后,"王夫人正盼王子腾来京,只见凤姐进来回说:'今日二爷在外听得有人传说:我们家大老爷赶着进京,离城只二百多里地,在路上没了。太太听见了没有?'……王夫人不免暗里落泪,悲女哭弟。"这里把王子腾改成王夫人之弟,显然是不对的。又王子腾与王熙凤之父排行,应是行二,王熙凤称他为"大老爷",也错了。

⑳　王子胜:程乙本第25回写贾宝玉受魔魔法,"王子胜也来问候"。人民文学出版社1973年校印本对"王子胜"有校记云:"'胜'诸本皆作'腾',后文例不一,似非偶误。疑书中曾明叙王子腾升为边任,此时不应在都,故'王子胜'实为乙本故意改动,作为王子腾之兄弟行。然全书中凡人物出场,未有不先叙明身份、与某人是何关系之例,显属破绽。今仍酌从程乙本不加改动。记以备考。"按庚辰本写王夫人之兄有两人:"凤姐之父"是"王夫人

144

之大兄",王子腾是王夫人之二兄。程乙本对王夫人的这两个哥哥的描写开头没有变动,但从第25回起,有些原是王子腾的地方改成了王子胜,到第70回更加把庚辰本"王子腾之女许与保宁侯之子为妻,……王子腾的夫人又来接凤姐儿",改为"王子胜将侄女许与保宁侯之子为妻……王子胜的夫人又来接凤姐儿"。这就在王氏的关系表中发生了新的问题。第一,王子胜与王凤姐之父、王子腾两人如何排行。程乙本第101回写王熙凤把王子腾称为"大爷",把王子胜称为"二叔",这就与"凤姐之父"是"王夫人之大兄"发生矛盾。第二,王子胜这个"许与保宁侯之子"的"侄女",既可以是王子腾的女儿,又可以是王熙凤的亲姐妹。到底是谁呢? 看来,程乙本的这番改动,实在是费力不讨好的。如果说王子腾放了外任,家中事无人管,增出王子胜来管理,也并无必要,因为,王子腾在外边做官,家中的事王子腾夫人就可主持,即便是子女婚姻大事,需要王子腾作主,也可以想办法解决,何必另添出一个人物呢?在本人物表中,因为王子胜是程乙本添出来代替王子腾,主持王家家事的,以年龄较长为宜,所以姑且列为王夫人之三兄。又参照庚辰本第70回"王子腾之女许与保宁侯之子为妻"的文字,列王子胜的侄女为王子腾之女。

㉑　薛蟠:薛蟠的字,庚辰本第4回作"文起",第79回又作"文龙",前后不一致。程乙本统一作"文起",就没有矛盾了。

㉒　贾化:贾化,庚辰本第1回写贾化"会了进士,选入外班,今已升了本府(姑苏)知府"。革职后,走了贾政的门路,第4回又写他"补授了应天府"。程乙本可能是因为刚中进士就做知府,升官太快,于是第1回改写为"中了进士,选入外班,今已升了本县(姑苏)太爷"。革职后,又复官,第4回写他"授了应天府"。又程乙本第101回写贾琏看邸报,有"刑部题奏云南节度使

王忠一本:新获私带神枪火药出边事,共十八名人犯,头一名鲍音,系太师镇国公贾化家人。"按《红楼梦》第1回写的贾雨村,名字是贾化,到101回又出来太师镇国公贾化,这就在同一部小说中,有两个人都用了贾化这个名字。不过,这里的这种安排,倒是续补者有用意的。第一层意思,是第104回写皇帝查问"云南私带神枪一案"时,曾把"太师贾化"误认为是袭宁国公官的贾代化,问了贾政。第二层意思,是皇帝由"太师贾化"联想到"前放兵部,后降府尹"的贾化,即贾雨村,由贾政奏明:"原任太师贾化是云南人,现任府尹贾某是浙江人",才解释清楚。

㉓ 王青儿、王板儿:王青儿、王板儿两人,根据庚辰本第6回"青、板姊妹两个"的说法,王青儿应是姊,王板儿应是弟。详《庚辰本人物表》注㉠。

程乙本把这里的"青、板姊妹两个"写作"青、板姊弟",两人的关系更清楚。只是把庚辰本叙述王狗儿"妻刘氏所生一子,小名板儿,生一女,名唤青儿"的话,改写成王狗儿"娶妻刘氏,生子小名板儿;又生一女,名唤青儿",倒反而弄混乱了。请看,在写生了儿子板儿以后,接着写"又生一女,名唤青儿",不是在说青儿生在板儿以后吗?

㉔ 秦邦业:秦可卿的父亲的名字,庚辰、戚序本原都作"秦业",程乙本改为"秦邦业"。他的官职,庚辰、戚序本都作"营缮郎",程乙本改为"营缮司郎中"。这种改动,实在都无必要。

㉕ 赖升:庚辰本第10回写贾敬做生日,贾珍吩咐来升预备筵席,请荣国府的人。这来升,在第14回写明是"宁国府都总管"。王熙凤协理秦可卿之丧,也全是吩咐来升夫妇揽总去办。到54回写元宵节后请荣国府吃年酒的各家时,宁国府却没有来升家,而有赖升家;第63回写贾敬死了,尤氏带了出城的也是"赖

升一干家人媳妇"，而不是用来升领头。从这里使人看出来，在宁国府揽总办事的，前一段时期是来升，后来又改变为赖升，两人又没有同时出现过，很可能这两人本是一个人，作者开始写作来升，后来又写作赖升。如果是两个人，两个人的姓音又相近，呼唤起来就很容易发生错误。到程乙本把两人合为一人，把来升改变为赖升，可说是很有见地，处理得好。

㉖　鲍二：鲍二在贾府出现，总与贾琏有关，在《庚辰本人物表》中本是列在荣国府全家合用奴仆内的。到程乙本第106回写贾政查问鲍二这个人时，众人回答："这鲍二是不在档子上的。先前在宁府册上。为二爷见他老实，把他们两口子叫过来了。后来他女人死了，他又回宁府去。自从老爷衙门里头有事，老太太、太太们和爷们往陵上去了，珍大爷替理家事，带过来的，以后也就去了。"补续出他原是宁国府的人、以后仍回到宁国府这段经过，所以程乙本人物表，又把他放到宁国府全家合用奴仆中。

㉗　两个寿儿：程乙本第28回写贾宝玉到冯紫英家带的小厮有寿儿，第65回写贾珍到尤二姐处带的小厮也有寿儿。按甲戌、庚辰、戚序本第28回贾宝玉带的小厮原均作双寿，是程乙本妄改为寿儿，才弄得贾宝玉的小厮和贾珍的小厮同名了。

㉘　删去炒豆儿：庚辰本第75回写尤氏到李纨处，要洗脸，她的丫头"银蝶上来忙代为卸去腕镯戒指，又将一大袱手巾盖在下截，将衣裳护严。小丫鬟炒豆儿捧了一大盆温水走至尤氏跟前，只弯腰捧着。"这里出现了尤氏的银蝶和炒豆儿两个丫头。程乙本改成"一面洗脸。丫头只弯腰捧着脸盆。"把银蝶和炒豆儿两个丫头的具体服侍情节删去了，两个丫头的名字自然也删去了。银蝶儿后边还出现，炒豆儿就不再见，程乙本尤氏的丫头少了炒豆儿。这个改动，实无必要。

㉙　删去来兴：庚辰本第 33 回写贾政知道了贾宝玉与琪官来往和有丫头跳井的事后，"喝令快叫贾琏、赖大、来兴"来了解情况，以便进行处理。程乙本改成"叫贾琏、赖大来！"删去了来兴。来兴这个人物，只在此出现一次，又没有具体情节，程乙本把他删去，在文字上确实觉得干净些。但从保存原著面貌方面看，却是多事。可以说这属于改与不改均可的一例。

㉚　删去单大良：庚辰本第 54 回写荣国府在元宵节后，"十七日……便是薛姨妈家请吃年酒。十八日便是赖大家，十九日便是宁府赖升家，二十日便是林之孝家，二十一日便是单大良家，二十二日便是吴新登家。"从这里看，单大良在荣国府应是和赖大、林之孝、吴新登等地位一样的管家一流的人物。详《庚辰本人物表》注㉘。程乙本把"十八日便是赖大家"和以后的请年酒的几家的文字全删去，从而单大良这个人物也就在书中不见了。这次删改应是错误的。

㉛　吴贵夫妇：庚辰本第 21 回出现了多浑虫和多姑娘夫妇，到第 77 回写晴雯在病中被撵出大观园，住在姑舅哥哥家，贾宝玉去看她，这姑舅哥嫂仍然是多浑虫夫妇，只是"多姑娘"的名字改成了"灯姑娘"。程乙本第 64 回写贾琏偷娶尤二姐，想找家人鲍二来服侍，改变多浑虫夫妇的情况，写成贾琏"当初因和他女人偷情，被凤姐儿打闹了一阵，含羞吊死了，贾琏给了一百银子，叫他另娶一个。那鲍二向来就合厨子多浑虫的媳妇多姑娘有一手儿，后来多浑虫酒痨死了，这多姑娘儿见鲍二手里从容了，便嫁了鲍二。况且这多姑娘儿原也和贾琏好的，此时都搬出外头住着。贾琏一时想起来，便叫了他两口儿到新房子里来，预备二姐儿过来时服侍。"既然多浑虫夫妇在此时已经一死一嫁，到第 77 回当然就不能再照样出现了。程乙本就另写出吴贵夫妇来代

148

替,这就势必违背了曹雪芹的原意。

㉜　葵官、药官:庚辰本对于大观园中十二个女戏子的描写,本来是在第 30 回中安排宝官、玉官两人在怡红院和袭人玩笑,到第 36 回宝玉去梨香院找龄官唱曲时,又安排宝官、玉官两人与宝玉接谈。程乙本可能是认为第 36 回的安排和前边第 30回重复了,便把第 36 回的宝官、玉官换成了葵官、药官,即让第54 回出场的葵官、第 58 回出场的药官提前于第 36 回出场。又药官,在庚辰本中本作药官,又可能是程乙本认为药字太生僻了,所以改用药字。程乙本的这个改动,看来是有道理的。只是在庚辰本中没有写明文官的脚色,程乙本仍然如此,不知何故。

㉝　栊翠庵道婆、栊翠庵女尼、妙玉的当家的:栊翠庵中,和妙玉在一起的人,程乙本中出现多次。按先后次序排列,第 17 回有"两个老嬷嬷,一个小丫头",第 41 回有"道婆",第 63 回有"妈妈",第 87 回有"道婆"、"女尼",第 109 回有"侍儿",第 111 回有"道婆"、"侍儿",第 112 回有"女尼"、"道婆",第 115 回有"妙玉的当家的"。因为都没有姓名,很难说清楚"老嬷嬷"、"道婆"、"妈妈"是否是相同的人,也很难说清楚"小丫头"、"女尼"、"侍儿"是不是同一个人,因而在本人物表中,只列出"栊翠庵道婆"、"栊翠庵女尼"、"妙玉的当家的"三人。

㉞　鹦鹉、珍珠:庚辰本第 3 回已写贾母把自己的丫头鹦哥和珍珠分别给了黛玉和宝玉,到第 29 回,自己的丫头中又出现了鹦鹉(鹦鹉就是鹦哥)和珍珠,是因为鹦哥和珍珠到黛玉和宝玉房中后,分别改名为紫鹃和袭人,所以贾母的丫头又可以再用这两个名字。但总不容易消除给初读者留下的贾母既已把鹦哥和珍珠送给了别人,就不应该再在自己的丫头中出现这两个人的思虑。详《庚辰本人物表》注㉞。程乙本把贾母送给宝玉的丫

头换成了蕊珠,珍珠就还在贾母房中。可以说程乙本在这里弥补了庚辰本的疏漏。但鹦哥既已到黛玉房改名紫鹃,又还在贾母房出现的问题,在程乙本中则仍然存在,如第112回写贾母发丧后,邢夫人派人在铁槛寺伴灵,其中就有鹦哥。

㉟　靓儿:庚辰本第30回在贾母房中出现了"小丫头靛儿"。《庚良本人物表》列为贾母房的人。详《庚辰本人物表》注㉟。程乙本改"靛儿"为"靓儿",看不出有什么道理。

㊱　拴儿:程乙本第102回写贾赦不相信大观园有鬼怪,带了家人进去察看动静。有个年轻的家人拴儿,把一个大公野鸡,看成"黄脸红胡子绿衣裳一个妖精",弄得贾赦"请道士到园作法,驱邪逐妖"。这个拴儿,因由贾赦带了进大观园,暂列为贾赦的男仆。

㊲　王信:王信应为贾琏的男仆。详《庚辰本人物表》注㊳。程乙本第70回"王信夫妇"作"王姓夫妇",可能是因音近而误。

㊳　删改三个周大娘和两个周奶奶:庚辰本第6回写刘姥姥到荣府后门打听周瑞家的,那里的孩子们说:"我们这里周大娘有三个呢,还有两个周奶奶,不知是那一行当的?"这是说荣府的女仆,有三个被人称作"周大娘",又有两个被称作"周奶奶"的。但从书中考察,只有一个"周大娘"是周瑞家的,另外两个"周大娘"和两个"周奶奶"却不知是谁。这就未免前后失去照应。程乙本把上边庚辰本的文字改写为"我们这里周大娘有几个呢,不知是那一个行当儿上的",没有了具体的数字,也仍然存在前后不能照应的问题。只是从人物表的角度看,程乙本除了周瑞家的一人外,其余的人,就无法具体列出来,因之,程乙本人物表就少去了两个"周大娘"和两个"周奶奶"。

㊴　彩凤:庚辰本第23回写贾政喊宝玉,"宝玉只得前去

150

……可巧贾政在王夫人房中商议事情,金钏儿、彩云、彩霞、绣鸾、绣凤等众丫鬟都在廊檐下站着呢,一见宝玉进来,都抿着嘴笑。"这里新出现的彩云以下四个丫头,正好是两对:彩云、彩霞是一对,绣鸾、绣凤是一对。程乙本把这里的彩霞改成彩凤,让彩霞到第25回才出现。这就既搞乱了原著中人物的出场次序,又凭空增添出彩凤一人,实属妄改。

⑩　王荣、张若锦、赵亦华:庚辰本第52回写贾宝玉出门给王子腾做生日,"只见宝玉的奶兄李贵和王荣、张若锦、赵亦华、钱启、周瑞六个人……早已伺候多时了。"又第62回贾宝玉过生日,曾去"李、赵、张、王四个奶妈家"行礼。"李贵和王荣、张若锦、赵亦华"四人的姓氏正好与"李、赵、张、王四个奶妈"相同,因而把李贵等四人都列为贾宝玉的奶兄。详《庚辰本人物表》注⑬。程乙本第62回把"李、赵、张、王四个奶妈家"句中的"李、赵、张、王"四个姓删掉,因之贾宝玉的奶兄就只有李贵一个人敢肯定的了。程乙本把本来可以找到联系的人物弄成孤立的了。

⑪　钱升:庚辰本第52回写贾宝玉出门给王子腾做生日,"只见宝玉的奶兄李贵和王荣、张若锦、赵亦华、钱启、周瑞六个人……早已伺候多时了。"其中"钱启",程乙本改"钱升",实无必要。

⑫　焙茗:在庚辰本中,茗烟和焙茗本是两个人:第9、52回都有茗烟,第24回有焙茗。程甲本第24回已把庚辰本"只见焙茗、锄药两个小厮下象棋"这句话,改写成"只见茗烟改名焙茗的并锄药两个小厮下象棋",把两人合为一人;程乙本又把改名的理由补上,说是"宝二爷嫌'烟'字不好,改了叫'焙茗'了。"按"茗烟"与"焙茗"在意思上确有联系,改成一个人是可以的。

⑬　删去引泉、扫花、挑云:庚辰本第24回写贾芸到书房找

宝玉，"只见焙茗、锄药两个小厮下象棋，为夺'车'正拌嘴；还有引泉、扫花、挑云、伴鹤四五个，又在房檐上掏小雀儿玩。"程乙本把上边的文字缩写成一句："只见茗烟在那里掏小雀儿呢。"就把庚辰本安排在第 24 回中出现的焙茗、引泉、扫花、挑云、伴鹤等五个人物都减去了。请看：(一)焙茗本是庚辰本安排在这回中出现的新人物，程乙本就在这句话的下边，让他成了茗烟的改名。(二)引泉、扫花、挑云等三个人物，程乙本始终就没有再出现过。(三)伴鹤在这回中也被取消了，是第 52 回保存下来的。程乙本的这次改动，既减少了原著中的人物，又改掉了宝玉的小厮们"下象棋"等的生活细节，对原著是有损害的。

据赵冈《红楼梦里的人名》一文的意见，曹雪芹写《红楼梦》小说时，对于人物的命名曾经费了不少心思。对于贾宝玉贴身的书童以及怡红院的大丫头，有的是双双配对，有的是四人配成一套，十分整齐。例如贾宝玉的四个书童可分两组，即"焙茗，锄药；双瑞，双寿。怡红院的八个大丫头是每两人一组。共分四组，每组有其特征。第一组：袭人，媚人。第二组：晴雯，绮霞。第三组：麝月，檀云。第四组：春燕，秋纹。四个中等丫头，也配成整齐的一套，即紫绡，茜雪，红玉，碧痕。这些意见，对于我们排列《红楼梦》的人物表，很有参考价值。

㊹ 删去赵、张、王三奶妈：贾宝玉的奶妈，在庚辰本中，除了第 3 回出现的李嬷嬷之外，第 62 回还又出现了赵、张、王三位奶妈。程乙本第 62 回宝玉做生日，只说曾到"四个奶妈家"行礼，却未写出具体的人来，于是在程乙本中，就只知道李奶妈了。这是程乙本妄改原著造成的后果。

㊺ 删去媚人：庚辰本第 5 回写贾宝玉在秦可卿房中睡中觉儿，"留袭人、媚人、晴雯、麝月四个丫鬟为伴"。程乙本可能是

152

156

因为媚人只在此出现一次，又无其他具体情节，意义不大，就把媚人删去，让本是在第20回才出现的秋纹，提前于此处补了媚人的空缺。但这样一改，却失去了原著中安排媚人的用意了。

　　㊻　晴雯：庚辰本第26回写贾宝玉的丫头佳蕙曾在对小红的谈话中埋怨伏侍过宝玉的人，"晴雯、绮霰这几个"，"仗着老子娘的脸面"，"都算在上等里去"。照佳蕙这样说，晴雯、绮霰应该都有"老子娘"在身边，而且还是在荣国府有"脸面"的人。可是书中任何地方都没有她们"老子娘"的描写。而在第77回写晴雯的来历时，还说"这晴雯进来时，也不记得家乡父母"了。这不是前后矛盾了吗？详《庚辰本人物表》注㊹

　　程乙本把庚辰本第26回的"仗着老子娘的脸面"改成"仗着宝玉疼他们"，不提她们有"老子娘"，前后矛盾就没有了。程乙本这一处改得好！

　　㊼　删去紫绡。紫绡在庚辰本中出现两次。一次是庚辰本第27回写红玉按照王熙凤的吩咐到凤姐院找平儿传话回来，到稻香村回话，"顶头只见晴雯、绮霰、碧痕、紫绡、麝月、侍书、入画、莺儿等一群人来了。"（这段文字中的"紫绡"，抄过后，又被改为"紫鹃"，是改错了的。因为这时林黛玉尚在潇湘馆，未出门，她的丫头紫鹃怎么会先出来和别人的丫头一块玩呢？）二次是第28回写贾宝玉看到贾元春赏给他的端午节礼，"便叫紫绡来：'拿了这个到林姑娘那里去，就说是昨儿我得的，爱什么留下什么。'紫绡答应了，便拿了去。不一时回来说：'林姑娘说了，昨儿也得了，二爷留着罢。'"上边所引庚辰本这两回文字中的紫绡，到程乙本中都改换成了别的丫头：第27回中的紫绡改换成秋纹，第28回中的紫绡改换成紫鹃。前边紫绡改换成秋纹，因为两人都是宝玉的丫头，看不出什么问题；后边紫绡改换成紫鹃，因

153

为紫鹃是黛玉的丫头，就出现问题了。试想贾宝玉要送东西给林黛玉，应该派自己房里的丫头。这里贾宝玉放着自己房里那么多丫头不用，偏偏把黛玉的丫头紫鹃叫来使唤，实在是很不合情理的。

㊽　绮霞：绮霞，在庚辰本第 20 回中出现时，原作绮霰。程乙本可能是因为霰字生僻的缘故，把"绮霰"改作"绮霞"，岂不知反不如原来的名字适合贾宝玉的爱好了。

㊾　定儿：庚辰本第 52 回写怡红院晴雯生病，骂小丫头子们，"唬的小丫头篆儿忙进来问：'姑娘作什么？'"程乙本可能是因为贾宝玉房中的丫头篆儿和第 57 回出现的邢岫烟的丫头篆儿重名，把贾宝玉的丫头改名为定儿，以避免混淆。这是改得好的。

㊿　柳五儿：柳五儿，据曹雪芹的安排，并不是贾宝玉的丫头，而且是早死了的。庚辰本第 77 回写王夫人责问芳官说："你还犟嘴。我且问你，前年我们往皇陵上去，是谁调唆宝玉要柳家的丫头五儿？幸而那丫头短命死了，不然进来了，你们又连伙聚党，糟害这园子呢。"程乙本把上面柳五儿"短命死了"的一段话删去，并写柳五儿和她母亲一道被袭人派了去给晴雯送东西。第102 回写柳五儿当了贾宝玉的丫头，第 109 回又还特意写了"候芳魂五儿承错爱"一大段文字。续书者所以要让柳五儿到贾宝玉房，是从贾宝玉想念晴雯构思的。第 101 回袭人和王熙凤谈话中提到晴雯时，王熙凤便道："你提晴雯，可惜了儿的！……那一天，我瞧见厨房里柳家的女人，他女孩儿叫什么五儿，那丫头长的和晴雯脱了个影儿。我心里要叫他进来，……可不知宝二爷愿意不愿意？要想着晴雯，只瞧见这五儿就是了。"程乙本改写柳五儿这个人物，在情节的前后照应上是经过周密思考的，只是在性格

154

158

上，她和晴雯就没有相近之处了。

(51) 钱槐：庚辰本第60回介绍钱槐和赵姨娘的关系，说钱槐“乃系赵姨娘之内侄”。这“内侄”究竟是赵姨娘的什么人，实在不容易说清楚。详《庚辰本人物表》注㊼。程乙本把“内侄”改为“内亲”。按照书中把王熙凤称作王夫人的“内侄女”的例子类推，赵姨娘的“内侄”也应姓赵。把钱槐看作赵姨娘娘家的亲戚，就可以把庚辰本中存在的问题解决了。

(52) 鹦哥：庚辰本第3回写林黛玉到贾府后，“贾母见雪雁甚小，一团孩气，王嬷嬷又极老，料黛玉皆不遂心省力的，便将自己身边的一个二等丫头，名唤鹦哥者与了黛玉。”到第8回，鹦哥的名字就已经改成了紫鹃。详《庚辰本人物表》注㊽。程乙本对于上边所叙述的情节没有改动，但到第29回写荣国府到清虚观打醮，黛玉的丫头中，却与紫鹃同时又出现了鹦哥。按庚辰、戚序本，这里的丫头都不是鹦哥，而是春纤，显然这鹦哥是程乙本改错了的。

(53) 潘又安：潘又安是谁的小断，庚辰本说得含混，程乙本也相同。本人物表，列入房分不明的部分中。详《庚辰本人物表》注(51)。

潘又安与司棋的关系，在庚辰本第74回写抄检大观园时抄出来的信上，潘又安自己写明是“表弟”。第71、72回也都写的是“姊弟”。程乙本第74回中潘又安的信仍和庚辰本一样，署名“表弟潘又安具”，可是在其他各处，如71、72、74(信除外)、92回却都把潘又安改成了司棋的表哥。程乙本这种随意改动，制造混乱，实在是太有损于原著了。

(54) 赖老三、林老大：程乙本第117回写邢大舅、王仁、贾蔷、贾芸等在荣府外书房喝酒，“只见外头走进赖、林两家的子弟来,说:'爷们好乐呀!'众人站起来说道:'老大,老三,怎么这时候才来?叫我们好等!'"这"赖、林两家"就是赖大、林之孝两家。问题是这"老大,老三"各是哪一家的子弟。后边又谈到赖尚荣,众人对两人中的一个说:"你的哥哥就是有造化的。现做知县,还不好么?"这个人既然有了赖尚荣这个哥哥,他就不会再是"老大",而应是"老三"。他是赖尚荣的三弟,那么,这赖家就还有老二。"老三"是谁家的子弟的问题解决了,"老大"当然就是"林老大"。本人物表,列赖老三为赖尚荣之三弟,列林老大为林之孝之长子。

⑤ 删去多官之母:庚辰本第21回写多官"因他自小父母替他在外娶了一个媳妇,今年方二十来往年纪,生得有几分人才,见者无不羡爱。"程乙本把"父母替他在外娶了一个媳妇"改为"他父亲给他娶了个媳妇"。"父母"改"父亲",看不出来有什么道理。

⑤ 删去小鸠儿:庚辰本第58、59两回写怡红院端饭的何妈有两个女儿:大女儿叫春燕,小女儿叫小鸠儿。第58回写何妈的干女儿芳官要洗头,何妈偏让她亲女儿洗过了,才把剩水给芳官洗,以致芳官和她争起来。第59回由春燕补叙出来何妈让先洗头的亲女儿是小鸠儿。

程乙本第58回写的何妈和芳官争吵的情节相同,只是第59回把春燕补叙她妈让她妹妹小鸠儿先洗头的情节删去,小鸠儿这个人物也就不能出现了。这又是程乙本任意改掉原著人物的一例。

⑤ 花袭人之表姐:庚辰本第19回写贾宝玉去花袭人家,曾见到一个穿红的女子,是花袭人的"两姨妹子"。书中又写这个"两姨妹子"已经"十七岁",则花袭人至少亦应十七岁,实比贾宝

156

160

玉大四岁。程乙本改成了"两姨姐姐",显然违背了作者的原意。

⑧ 世荣:庚辰本写北静郡王在第 11 回出现,第 14 回又写出名字是"水溶"。程乙本改"水溶"为"世荣",仅从字面上看,也是和作者命名的原意不相符合的。

⑨ 删去镇国公诰命:庚辰本第 14 回写"镇国公诰命生了长男",荣国府"预备贺礼"。接着写秦可卿之丧,官客送殡的,就"有镇国公牛清之孙现袭一等伯牛继宗"。哪里有刚"生了长男",就有"现袭一等伯"的孙子去贾府参加送殡的道理?显系书中疏漏。详《庚辰本人物表》注⑤。程乙本把"镇国公诰命生了长男,预备贺礼"的情节删去,只留下送殡的情节,就不再有矛盾了。

⑩ 删去锦田侯诰命:庚辰本第 25 回写马道婆对贾母叙述在她庙里施舍香油点海灯供奉菩萨的王妃诰命中,有"锦田侯诰命"。程乙本改"锦田侯诰命"为"锦乡侯诰命",因为庚辰本和程乙本都还安排了"锦乡侯诰命"在第 71 回出现,那么,程乙本在第 25 回把"锦田侯诰命"改为"锦乡侯诰命",而"锦田侯诰命"又未在其他回中出现过,不就删去"锦田侯诰命"这个人物了吗?程乙本这里的改动,可能是由于"锦田侯诰命"和"锦乡侯诰命"仅一字之差,而把两人合并为一人,人物表简单了,对情节也没有损害了。看来,这是可改的一例。

⑪ 马尚德:庚辰本第 14 回写秦可卿之丧,官客送殡的,有"治国公马魁之孙世袭三品威远将军马尚"。"马尚",程乙本改为"马尚德"。这种改动并无必要。

⑫ 谢鲲:庚辰本第 14 回写秦可卿之丧,官客送殡的,有"定城侯之孙世袭二等男兼京营游击谢鲸"。程乙本改"谢鲸"为"谢鲲",实无必要。

⑬ 王希献:庚辰本第 53 回写"贾氏宗祠"的匾和长联是

157

161

"衍圣公孔继宗书"。程乙本改为"特晋爵太傅前翰林掌院事王希献书",不知用意何在。

　　⑥　贾化、贾范:程乙本第101回写贾琏看邸报,里边牵连到两个姓贾的,一个是"太师镇国公贾化",一个是"世袭三等职衔贾范"。前边的贾化,书中没有写明和宁、荣二公是否同族;后边的贾范,在第104回写明是贾政的"远族"。既然他们和宁、荣二府关系不近,本人物表也就不能收在"四大家族关系表"之内了。

　　⑥　夏秉忠:庚辰本第16回写六宫都太监夏守忠到荣国府降旨,贾元春"晋封为凤藻宫尚书,加封贤德妃"。程乙本改"夏守忠"为"夏秉忠",实无必要。

　　⑥　执事太监:程乙本执事太监以下四种职能的太监,在庚辰本原为红衣太监、随侍太监、执拂太监、侍座太监、礼仪太监、执事太监等六种职能的太监。程乙本删去了红衣太监、执拂太监这两种职能的太监,又变更了原来出现的次序,削弱了原著描写元妃省亲的盛况。

　　⑥　李先儿、女先儿:庚辰本第54回继续写荣国府元宵开夜宴,有"两个门下常走的女先生儿"说《凤求鸾》一回书。这两个人都没有姓名。程乙本第54回对于这两个女先儿,也没有写出姓名,但到第101回写王熙凤去散花寺求签,上面写的是"王熙凤衣锦还乡",周瑞家的在旁边说:"前年李先儿还说这一回书来着。"这说明前年说书的两个女先儿中,有一个是"李先儿"。另一个是谁呢?仍然不知道。由此也可以看出来,程乙本对于人物的命名,是比较随便的。

　　⑥　圆信:庚辰本原作圆心,程乙本改作圆信,改与不改均可。

158

红楼梦人物谱人名索引

说　　明

　　一、本索引专为查找本人物谱的人名而制,但也可以用以查找本人物谱用作底本的庚辰本和程乙本《红楼梦》的人物首次出现回目。

　　二、本索引在"在人物表的位置"一栏中,不带括号的一、二、三数字,表示在人物表三大部分的某一大部分;带有括号的数字,表示在各个大部分下边的某一个小部分。

　　三、本索引对于因版本不同,而人物只在一种版本中出现者,则于另一版本的相同栏目的空缺处,用"○"表示。

　　四、本索引所列人名,一律采用冠以姓氏的原用正名,对于后来改用的名字,也仍在表中列出,注明见正名各该条。

　　五、本索引采用笔画查字法。名字出现先后,完全以1979年上海辞书出版社印行的《辞海》所用的"笔画查字表"(以一丨丿丶丁为序)为准。

159

163

人 名 索 引

笔画	姓　　名	人物之间的关系	在书中首次出现的回目		在人物表中的位置	
			庚辰本	程乙本	庚辰本表	程乙本表
二画	二丫头	农家妇女	15	15	三（十）	三（十）
	卜氏	贾芸之母	23	23	一（一）（四）	一（一）（四）
	卜世仁	贾芸之舅	24	24	一（四）	一（四）
	卜世仁娘子	贾芸之舅母	24	24	一（四）	一（四）
	卜固修	清客	16	16	三（十九）	三（二十）
	卜银姐	卜世仁之女	24	24	一（四）	一（四）
	入画	贾惜春之丫头	7	7	二（一）（五）	二（一）（五）
	入画之父		74·	74	二（五）	二（五）
	入画之兄	宁国府的小厮或男仆	74	74	二（四）	二（四）
	入画之母		74	74	二（五）	二（五）
	入画之叔		74	74	二（五）	二（五）
	入画之婶		74	74	二（五）	二（五）
三画	于老爷	净虚曾去他家	7	7	三（三）	三（三）
	工部官员		17—18	18	三（三）	三（三）
	大了	散花寺姑子	○	101	○	三（二十八）
	大观园看守花木婆子		○	83	○	二（二）（五）
	大观园看腰门婆子乙		○	108	○	二（二）
	大观园看腰门婆子甲		○	108	○	二（二）

160

笔画	姓　名	人物之间的关系	在书中首次出现的回目		在人物表中的位置	
			庚辰本	程乙本	庚辰本表	程乙本表
三画	大观园值夜班婆子（与费大娘的亲家母值家班）		71	71	二（二）（五）	二（二）（五）
	大观园值夜班婆子之女		71	71	二（五）	二（五）
	万儿	宁国府之丫头	19	19	二（四）	二（四）
	万和尚（见万虚）					
	万虚（程乙作万）	总理虚无寂静教（程乙作沙）门僧录司正堂	13	13	三（二十四）	三（二十七）
	山子野	园林设计	16	16	三（十四）	三（十五）
	川宁侯		13	13	三（三）	三（三）
	义忠亲王老千岁	秦可卿用的棺木板，原是为他买了未用的	13	13	三（三）	三（三）
	广西的同知	进京引见，带了四种洋货去卖	○	92	○	三（三）
	卫若兰	史湘云之夫	14	14	一（一）	一（一）
	女先儿乙	常到贾府说唱的女艺人	54	54	三（十三）	三（十四）
	女先儿甲（程乙作李先儿）	常到贾府说唱的女艺人	54	54	三（十三）	三（十四）

161

165

笔画	姓　　名	人物之间的关系	在书中首次出现的回目		在人物表中的位置	
			庚辰本	程乙本	庚辰本表	程乙本表
三画	小幺儿	看守大观园后门的小厮	60	60	二(二)	二(二)
	小吉祥儿	赵姨娘之丫头	57	57	二(二)	二(二)
	小红(见林红玉)					
	小鸠儿	春燕之妹	58	○	二(二)	○
	小张	贾芸强占其妻	○	104	○	三(二十四)
	小舍儿	夏金桂之丫头	80	80	二(三)	二(三)
	小鹊	赵姨娘之丫头	73	73	二(二)	二(二)
	小蝉(见蝉姐儿)					
	小燕(见春燕)					
	小霞	彩霞之妹	72	72	二(二)(五)	二(二)(五)
	小螺(翠螺)	薛宝琴之丫头	52	52	二(三)	二(三)
	马尚(程乙作马尚德)	马魁之孙,世袭三品威远将军	14	14	三(三)	三(三)
	马尚德(见马尚)					
	马道婆	巫婆	25	25	三(二十七)	三(三十)
	马魁	治国公	14	14	三(三)	三(三)
四画	云儿	妓女	28	28	三(二十三)	三(二十六)
	云光	长安节度使	15	15	三(三)	三(三)
	天文生		63	63	三(二十)	三(二十三)

162

笔画	姓　　名	人物之间的关系	在书中首次出现的回目		在人物表中的位置	
			庚辰本	程乙本	庚辰本表	程乙本表
四画	木居士	神人仙子	5	5	三(二十九)	三(三十二)
	王一贴 (见王道士)					
	王大人	大了曾为他家许愿烧香	○	101	○	三(三)
	王子胜	王夫人之三兄	○	25	○	一(一)
	王子胜夫人		○	70	○	一(一)
	王子腾	王夫人之二兄	3	3	一(一)(六)	一(一)(六)
	王子腾之女		70	70	一(一)	一(一)
	王子腾夫人		3	3	一(一)	一(一)
	王夫人	王子腾之妹,贾政之妻	2	2	一(一)	一(一)
	王夫人之父		6	6	一(一)	一(一)
	王太太	大了曾为她家许愿烧香	○	101	○	三(三)
	王仁	王熙凤之兄	14	14	一(一)	一(一)
	王奶奶	卜世仁之妻曾说要向她借钱	24	24	三(九)	三(九)
	王奶奶	贾宝玉之奶妈	62	○	二(二)(五)	○
	王老爷	曾拜访贾化(雨村)	4	4	三(三)	三(三)
	王成	王狗儿之父	6	6	一(一)	一(一)
	王兴	荣国府全家合用男仆	8	14	二(二)	二(二)
	王兴家的	荣国府全家合用女仆	14	14	二(二)	二(二)

笔画	姓　　名	人物之间的关系	在书中首次出现的回目		在人物表中的位置	
			庚辰本	程乙本	庚辰本表	程乙本表
四画	王作梅	清客	○	84	○	三(二十)
	王希献	特晋爵太傅前翰林掌院事	○	53	○	三(三)
	王君效	医生	42	42	三(十二)	三(十三)
	王青儿	王狗儿之女	6	6	一(一)	一(一)
	王板儿	王狗儿之子	6	6	一(一)	一(一)
	王忠	云南节度使	○	101	○	三(三)
	王狗儿	刘姥姥之婿	6	6	一(一)	一(一)
	王狗儿之祖	与王家联宗	6	6	一(一)	一(一)
	王住儿(程乙作玉柱儿)媳妇	贾迎春乳母之媳	73	73	二(五)	二(五)
	王荣	贾宝玉之男仆	52	52	二(二)(五)	二(二)
	王信	贾琏之男仆	68	68	二(二)(五)	二(二)(五)
	王信之妻		70	70	二(五)	二(五)
	王济仁	医生	28	28	三(十二)	三(十三)
	(老)王家的	贾母之女仆	72	72	二(二)	二(二)
	王短腿	马贩子	24	24	三(十六)	三(十七)
	王善保	邢夫人之陪房	74	○	二(二)(五)	○
	王善保家的	邢夫人之陪房	74	74	二(二)(五)	二(二)(五)
	王道士(王一贴)	天齐庙道士	80	80	三(二十六)	三(二十九)
	王熙凤	王仁之妹,贾琏之妻	2	2	一(一)(五)	一(一)
	王熙凤之父		6	6	一(一)	一(一)

164

168

笔画	姓　　名	人物之间的关系	在书中首次出现的回目		在人物表中的位置	
			庚辰本	程乙本	庚辰本表	程乙本表
四画	王熙凤之母		14	○	一（一）	○
	王嬷嬷	林黛玉之奶妈	3	3	二（二）	二（二）
	五城兵马司		17—18	18	三（三）	三（三）
	丰儿	王熙凤之丫头	7	7	二（二）	二（二）
	太上皇		16	16	三（一）	三（一）
	太平县书吏	改轻薛蟠罪责	○	86	○	三（六）
	太平县仵作	张三被薛蟠打死，他曾验尸伤	○	86	○	三（六）
	太平县知县	曾判薛蟠打死张三案	○	86	○	三（三）
	太妃	皇室	55	58	三（一）	三（一）
	尤二姐	尤老娘之次女，贾琏之妾	13	13	一（一）（四）	一（一）（四）
	尤二姐之外祖母		66	66	一（四）	一（四）
	尤三姐	尤氏之三妹	13	13	一（四）	一（四）
	尤氏	贾珍之继配	5	5	一（一）（四）	一（一）（四）
	尤老娘	尤氏继母	11	11	一（四）	一（四）
	尤老娘前夫		64	64	一（四）	一（四）
	仇都尉之子	曾被冯紫英打伤	26	26	三（三）	三（三）
	毛丫头	大观园看守花木婆子之外孙女	○	83	○	二（五）
	毛半仙	算卦先生	○	102	○	三（二十二）
	牛继宗	牛清之孙，现袭一等伯	14	14	三（三）	三（三）

笔画	姓　　名	人物之间的关系	在书中首次出现的回目		在人物表中的位置	
			庚辰本	程乙本	庚辰本表	程乙本表
四画	牛清	镇国公	11	11	三(三)	三(三)
	长安守备		15	15	三(三)	三(三)
	长安守备公子		15	15	三(三)	三(三)
	长安府府太爷		15	15	三(三)	三(三)
	乌进孝	宁国府庄头	53	53	二(一)(五)	二(一)(五)
	乌进孝之弟	荣国府庄头	53	53	二(二)(五)	二(二)(五)
	文化（程乙作文花）	贾珍之妾	75	75	一(一)	一(一)
	文花（见文化）					
	文杏	薛宝钗之丫头	29	29	二(三)	二(二)
	文官	大观园专用女戏子	23	23	二(二)	二(二)
	方椿	花匠	24	24	三(十五)	三(十六)
	双寿（程乙作寿儿）	贾宝玉之小厮	28	28	二(二)	二(二)
	双瑞	贾宝玉之小厮	28	28	二(二)	二(二)
	引泉	贾宝玉之小厮	24	○	二(二)	○
	引愁金女	神人仙子	5	5	三(二十九)	三(三十二)
	孔继宗	衍圣公	53	○	三(三)	○
	水仙庵老姑子		43	43	三(二十五)	三(二十八)
	水仙庵老道		43	43	三(二十六)	三(二十九)

166

笔画	姓　　名	人物之间的关系	在书中首次出现的回目		在人物表中的位置	
			庚辰本	程乙本	庚辰本表	程乙本表
四画	水溶（程乙作世荣）	北静郡王	11	11	三（三）	三（三）
五画	艾官	大观园专用女戏子	58	58	二（二）	二（二）
	平儿	王熙凤之丫头，后为贾琏妾	6	6	二（二）	二（二）
	平安节度使	李御史曾参奏他奉承京官贾赦犯罪	66	66	三（三）	三（三）
	平原侯		14	14	三（三）	三（三）
	玉钏儿（见白玉钏）					
	玉官	大观园专用女戏子	30	30	二（二）	二（二）
	玉柱儿媳妇（见王住儿媳妇）					
	玉爱	贾府义学学生	9	9	三（十）	三（十）
	世荣（见水溶）					
	东平郡王		11	11	三（三）	三（三）
	石光珠	缮国公之孙	14	14	三（三）	三（三）
	石呆子	城市居民	48	48	三（九）	三（九）
	可人	荣国府之丫头	46	46	二（四）	二（四）
	北静王太妃		58	58	三（三）	三（三）
	北静王妃		58	58	三（三）	三（三）
	北静王府长史		○	106	○	三（三）

167

171

笔画	姓　名	人物之间的关系	在书中首次出现的回目		在人物表中的位置	
			庚辰本	程乙本	庚辰本表	程乙本表
五画	北静王府长府官		14	14	三（三）	三（三）
	叶生（程乙作叶）	总理元始正一教门道纪司正堂	13	13	三（二十六）	三（二十九）
	（老）叶妈	叶茗烟之母，大观园管花草	56	56	二（二）（五）	二（二）（五）
	叶茗烟（茗烟）	贾宝玉之小厮	9	○	二（二）（五）	○
	叶焙茗（茗烟、焙茗）	贾宝玉之小厮	○	9	○	二（二）（五）
	叶道士（见叶生）					
	（老）田妈	大观园管菜蔬稻稗	56	56	二（二）	二（二）
	四儿（芸香、蕙香）	贾宝玉之丫头	21	21	二（二）	二（二）
	史侯	贾母之父	2	2	一（一）	一（一）
	史湘云（号枕霞旧友）	贾母娘家之侄孙女	19	13	一（一）（五）	一（一）（五）
	史湘云之父		32	32	一（一）	一（一）
	史湘云之母		32	32	一（一）	一（一）
	史湘云之祖父	贾母之兄	54	54	一（一）	一（一）
	史鼎	贾母娘家之次侄	14	11	一（一）（六）	一（一）（六）
	史鼎夫人		13	13	一（一）	一（一）
	史鼐	贾母娘家之长侄	49	○	一（一）（六）	○

168

172

笔画	姓　　名	人物之间的关系	在书中首次出现的回目		在人物表中的位置	
			庚辰本	程乙本	庚辰本表	程乙本表
五画	外藩王爷	贾环、贾蔷、贾芸等曾要把巧姐卖给他做偏房	○	117	○	三(三)
	乐善郡王		71	71	三(三)	三(三)
	白玉钏(玉钏儿)	王夫人之丫头	25	25	二(二)(五)	二(二)(五)
	白金钏(金钏儿)	王夫人之丫头	7	7	二(二)(五)	二(二)(五)
	白老媳妇	白金钏之母	30	30	二(五)	二(五)
	包勇	荣国府全家合用男仆	○	93	○	二(二)(一)
	冯胖子	永兴节度使	13	13	三(三)	三(三)
	冯胖子之子		13	13	三(三)	三(三)
	冯唐	神武将军	26	26	三(三)	三(三)
	冯家管家娘子乙	荣府在清虚观打醮,冯紫英家派她去送礼	29	29	三(十七)	三(十八)
	冯家管家娘子甲	荣府在清虚观打醮,冯紫英家派她去送礼	29	29	三(十七)	三(十八)
	冯渊	金陵小乡绅之子	4	4	三(八)	三(八)
	冯渊之父	金陵小乡绅	4	4	三(八)	三(八)
	冯渊之母		4	4	三(八)	三(八)
	冯渊之家人	冯渊命案原告	4	4	三(十七)	三(十八)
	冯紫英	冯唐之子	10	10	三(三)	三(三)

169

173

笔画	姓　　名	人物之间的关系	在书中首次出现的回目		在人物表中的位置	
			庚辰本	程乙本	庚辰本表	程乙本表
五画	冯紫英之母	冯唐之妻	26	26	三(三)	三(三)
	礼仪太监		17—18	18	三(四)	三(四)
	宁府误事婆子	秦可卿丧中点卯未到	14	14	二(一)	二(一)
	永昌驸马		71	71	三(二)	三(二)
	司棋(见秦司棋)					
六画	邢夫人	邢忠之妹,贾赦之妻	3	3	一(一)(四)	一(一)(四)
	邢夫人之二妹		75	75	一(四)	一(四)
	邢夫人之三妹		75	75	一(四)	一(四)
	邢夫人之母		75	75	一(四)	一(四)
	邢忠	邢夫人之兄	49	49	一(四)	一(四)
	邢忠之妻		49	49	一(四)	一(四)
	邢岫烟	邢夫人娘家之侄女,薛蝌之妻	49	49	一(一)(四)	一(一)(四)
	邢德全	邢夫人之弟	75	75	一(四)	一(四)
	刑剖老爷	夏金桂死后,到薛家验尸	○	103	○	三(三)
	老苍头	薛蟠之乳父	48	48	二(三)	二(三)
	西宁郡王		11	11	三(三)	三(三)
	西宁郡王之孙		14	14	三(三)	三(三)

笔画	姓　　名	人物之间的关系	在书中首次出现的回目		在人物表中的位置	
			庚辰本	程乙本	庚辰本表	程乙本表
六画	西平郡王	曾去查抄贾赦家产	○	105	○	三(三)
	西平郡王府长史		○	105	○	三(三)
	西安郡王妃		14	14	三(三)	三(三)
	灰侍者	神人仙子	5	5	三(二十九)	三(三十二)
	执事太监		17—18	18	三(四)	三(四)
	执拂太监		17—18	○	三(四)	○
	扫红	贾宝玉之小厮	9	9	二(二)	二(二)
	扫花	贾宝玉之小厮	24	○	二(二)	○
	毕知庵	医生	○	98	○	三(十一)
	同贵	薛王氏(薛姨妈)之丫头	29	29	二(三)	二(三)
	同喜(喜儿)	薛王氏(薛姨妈)之丫头	29	29	二(三)	二(三)
	朱大娘	官媒婆	72	72	三(十八)	三(十九)
	邬将军	粤海将军	71	71	三(三)	三(三)
	多官("多浑虫")	荣国府厨子	21	21	二(二)(五)	二(二)(五)
	多官之父		21	21	二(五)	二(五)
	多官之母		21	○	二(五)	○
	多姑娘儿	荣国府全家合用女仆	21	21	二(二)(五)	二(二)(五)
	色空	铁槛寺住持	14	14	三(二十四)	三(二十七)
	刘大夫	医生	○	109	○	三(十三)

171

175

笔画	姓　名	人物之间的关系	在书中首次出现的回目		在人物表中的位置	
			庚辰本	程乙本	庚辰本表	程乙本表
六画	刘氏	刘姥姥之女、王狗儿之妻	6	6	一(一)(四)	一(一)(四)
	刘妈妈	教巧姐女工针黹	○	92	○	二(二)
	刘姥姥	王狗儿之岳母	6	6	一(四)	一(四)
	刘铁嘴	算卦先生	○	94	○	三(二十二)
	庆儿	贾琏之小厮	68	68	二(二)	二(二)
	庆国公	曾送贾宝玉等礼物	78	78	三(三)	三(三)
	江西引见的知县	曾谈及贾政做江西粮道被参情况	○	102	○	三(三)
	江西节度使	贾政做江西粮道时的上司	○	99	○	三(三)
	安国公	曾被派征剿越寇	○	114	○	三(三)
	兴儿	贾珍之小厮	53	53	二(一)	二(一)
	兴儿	荣国府二门上该班的人	65	65	二(二)	二(二)
	许氏(程乙作胡氏)	贾蓉之继配	29	29	一(一)	一(一)
	孙绍祖	贾迎春之夫	79	79	一(一)(六)	一(一)(四)(六)
	孙亲家太太	孙绍祖之母	○	84	○	一(四)
	阴阳生	风水先生	14	14	三(二十一)	三(二十三)
	红衣太监		17—18	○	三(四)	○
	巡察地方总理关防太监		17—18	18	三(四)	三(四)
七画	寿儿	贾珍之小厮	65	65	二(一)	二(一)

172

176

笔画	姓　　名	人物之间的关系	在书中首次出现的回目		在人物表中的位置	
			庚辰本	程乙本	庚辰本表	程乙本表
七画	寿儿（见双寿）					
	寿山伯		13	13	三（三）	三（三）
	杨氏（见周氏）					
	杨侍郎	曾送贾宝玉等礼物	78	78	三（三）	三（三）
	杨提督的太太	王熙凤曾说把人参送她配药	12	12	三（三）	三（三）
	豆官（庚辰又名阿豆、炒豆子、豆童）	大观园专用女戏子	58	58	二（二）	二（二）
	芸香（见四儿）					
	花自芳	花袭人之兄	19	19	二（五）	二（五）
	花自芳之妻	花袭人之嫂	○	120	○	二（五）
	花袭人（袭人、蕊珠）	贾宝玉之丫头，蒋玉菡（程乙作函）之妻	3	3	一（五），二（二）（五），三（十三）	二（二）（五）三（十三）
	花袭人之父		54	54	二（五）	二（五）
	花袭人之母		19	19	二（五）	二（五）
	花袭人之表妹（程乙作表姐）		19	19	二（五）	二（五）
	花袭人之姨父（程乙作姨爹）		19	19	二（五）	二（五）

笔画	姓 名	人物之间的关系	在书中首次出现的回目		在人物表中的位置	
			庚辰本	程乙本	庚辰本表	程乙本表
七画	花袭人之姨娘		19	19	二(五)	二(五)
	芳官(庚辰又名雄奴、耶律雄奴、温都里纳、金星玻璃、玻璃)	大观园专用女戏子	54	54	二(二)	二(二)
	杏奴	柳湘莲之小厮	74	74	三(十七)	三(十八)
	李二	酒店主人	○	86	○	三(十七)
	李十儿	江西粮道管门的	○	99	○	三(六)
	李少爷(见李衙内)					
	李先儿(见女先儿甲)					
	李守中	李纨之父	4	4	一(四)(六)	一(四)(六)
	李妈(见贾巧姐之奶妈)					
	李纨(字宫裁,号稻香老农)	李守中之女,贾珠之妻	2	2	一(一)(四)(五)	一(一)(四)
	李孝	苏州刺史	○	101	○	三(三)
	李员外	曾送贾宝玉等礼物	78	78	三(三)	三(三)
	李纹	李婶之长女	49	49	一(四)	一(四)
	李贵	贾宝玉之男仆	9	9	二(二)(五)	二(二)(五)

174

178

笔画	姓　　名	人物之间的关系	在书中首次出现的回目		在人物表中的位置	
			庚辰本	程乙本	庚辰本表	程乙本表
七画	李婶	李纨娘家之婶母	49	49	一(四)	一(四)
	李婶之弟		53	53	一(四)	一(四)
	李祥	薛家合用小厮	○	86	○	二(三)(一)
	李绮	李婶之次女	49	49	一(四)	一(四)
	李御史	曾参奏平安州节度奉承京官贾赦犯罪	○	105	○	三(三)
	李衙内(程乙作李少爷)	长安府府太爷的小舅子	15	15	三(三)	三(三)
	李德	荣国府全家合用男仆	○	93	○	二(二)(一)
	李嬷嬷	贾宝玉之奶妈	3	3	二(二)(五)	二(二)(五)
	严老爷	曾拜访甄费	1	1	三(三)	三(三)
	来升	宁国府都总管	10	○	二(一)(五)	○
	来升之长子		16	○	二(五)	○
	来升之次子		16	○	二(五)	○
	来升媳妇	宁国府全家合用女仆	14	○	二(一)(五)	○
	来兴	荣国府全家合用男仆	33	○	二(二)	○
	来旺	王熙凤之陪房	15	14	二(二)(五)	二(二)(五)
	来旺之子		72	72	二(五)	二(五)
	来旺家的	王熙凤之陪房	11	11	二(二)(五)	二(二)(五)
	来喜家的	王熙凤之陪房	74	74	二(二)	二(二)
	时觉	风水先生	70	70	三(二十)	三(二十三)

175

笔画	姓 名	人物之间的关系	在书中首次出现的回目		在人物表中的位置	
			庚辰本	程乙本	庚辰本表	程乙本表
七画	时福	世袭三等职衔贾范家人	○	101	○	三(十八)
	吴大人	巡抚	○	85	○	三(三)
	吴天佑	吴贵妃之父	16	16	三(二)	三(二)
	吴兴家的	王夫人之陪房	74	74	二(二)	二(二)
	吴良	太平县民	○	86	○	三(七)
	吴贵	大观园买办杂差	○	77	○	二(二)(五)
	吴贵之妻	大观园女仆	○	77	○	二(二)(五)
	吴贵妃		16	16	三(一)	三(一)
	吴新登	荣国府银库房的总领	8	8	二(二)	二(二)
	吴新登媳妇	荣国府全家合用女仆	34	34	二(二)	二(二)
	何三	周瑞的干儿子,泼皮	○	88	○	三(二十四)
	何妈	春燕之母,贾宝玉之女仆	58	58	二(二)(五)	二(二)(五)
	住儿	贾琏之小厮	89	39	二(二)	二(二)
	伴鹤	贾宝玉之小厮	24	52	二(二)	二(二)
	余信	管荣国府各庙月例银	7	7	二(二)	二(二)
	余信家的	荣国府全家合用女仆	7	7	二(二)	二(二)
	应天府门子	原葫芦庙小沙弥	4	4	三(五)	三(五)

176

180

笔画	姓　　名	人物之间的关系	在书中首次出现的回目		在人物表中的位置	
			庚辰本	程乙本	庚辰本表	程乙本表
七画	应天府门子之妻		4	4	三(五)	三(五)
	冷子兴	周瑞之婿,古董商	2	2	二(五),三(十六)	二(五),三(十七)
	沈世兄	贾府世交	26	26	三(三)	三(三)
	沁香	大观园专用小尼姑之一	○	93	○	二(二)
	宋妈	贾宝玉之女仆	37	37	二(二)	二(二)
	诉讼先生	替薛家出主意,减轻薛蟠罪责	○	86	○	三(二十一)
	良儿	贾宝玉之丫头	52	52	二(二)	二(二)
	张二	酒店当槽张三之叔	○	86	○	三(十七)
	张二	酒店当槽张三之二兄	○	86	○	三(十七)
	张三	酒店当槽	○	86	○	三(十七)
	张大	酒店当槽张三之父	○	86	○	三(十七)
	张大	酒店当槽张三之大兄	○	86	○	三(十七)
	张大老爷	南韶道	○	84	○	三(三)
	张王氏	酒店当槽张三之母	○	86	○	三(十七)
	张友士	医生	10	10	三(十二)	三(十三)
	张奶妈	贾宝玉之奶妈	62	○	二(二)(五)	○
	张老爷	贾政在工部的同僚	○	93	○	三(三)
	张老爷	枢密	○	96	○	三(三)

177

笔画	姓　　名	人物之间的关系	在书中首次出现的回目		在人物表中的位置	
			庚辰本	程乙本	庚辰本表	程乙本表
七画	张华	曾与尤二姐指腹为婚	64	64	三(七)	三(七)
	张华之父	皇粮庄头	64	64	三(七)	三(七)
	张华之祖	皇粮庄头	64	64	三(七)	三(七)
	张如圭	贾化(雨村)旧日同僚	3	3	三(三)	三(三)
	张妈	大观园看后门的	74	74	二(二)	二(二)
	张材家的	荣国府全家合用女仆	14	14	二(二)	二(二)
	张若锦	贾宝玉之男仆	52	52	二(二)(五)	二(二)
	张金哥	张施主之女	15	15	三(八)	三(八)
	张法官(又封大幻真人、终了真人)	清虚观道士	29	29	三(二十六)	三(二十九)
	张施主	长安大财主	15	15	三(八)	三(八)
	张真人	玉皇阁道士	25	25	三(二十六)	三(二十九)
	张家小姐	张大老爷(南韶道)之女	○	84	○	三(三)
	张德辉	薛家当铺内揽总	48	48	二(三)(五)	二(三)(五)
	张德辉之长子	薛家当铺经商	48	48	二(三)(五)	二(三)(五)
	陈也俊	王孙公子	14	14	三(三)	三(三)
	陈瑞文	陈翼之孙,世袭三品威镇将军	14	14	三(三)	三(三)

178

182

笔画	姓 名	人物之间的关系	在书中首次出现的回目		在人物表中的位置	
			庚辰本	程乙本	庚辰本表	程乙本表
七画	陈翼	齐国公	14	14	三(三)	三(三)
	坠儿	贾宝玉之丫头	26	26	二(二)(五)	二(二)(五)
	坠儿之母		52	52	二(五)	二(五)
	妙玉(号槛外人)	大观园栊翠庵尼姑	17—18	17	二(二)(五)	二(二)(五)
	妙玉之父		17—18	17	二(五)	二(五)
	妙玉之母		17—18	17	二(五)	二(五)
	妙玉师父	牟尼院姑子	17—18	17	三(二十五)	三(二十八)
	妙玉的当家的	大观园专用尼姑	○	115	○	二(二)
八画	林之孝	荣国府管家,收管各处房田事务	16	16	二(二)(五)	二(二)(五)
	林之孝的两姨亲家	大观园女仆	73	73	二(二)	二(二)
	林之孝家的	荣国府全家合用女仆	17—18	17	二(二)(五)	二(二)(五)
	林红玉(小红)	王熙凤之丫头	24	24	二(二)(五)	二(二)(五)
	林海(字如海)	贾敏之夫	2	2	一(一)(四)(六)	一(一)(四)(六)
	林海之子		2	2	一(一)(四)	一(一)(四)
	林海之父		2	2	一(四)	一(四)

179

183

笔画	姓　　名	人物之间的关系	在书中首次出现的回目		在人物表中的位置	
			庚辰本	程乙本	庚辰本表	程乙本表
八画	林黛玉（字颦颦，号潇湘妃子）	林海之女	2	2	一（一）（四）（五）	一（一）（四）
	茄官	大观园专用女戏子	58	58	二（二）	二（二）
	拐子	拐甄英莲的人	4	4	三（二十二）	三（二十五）
	抱琴	贾元春之丫头	17—18	18	二（二）	二（二）
	忠顺府长史官		33	33	三（三）	三（三）
	忠顺亲王	曾派长史官到荣府找蒋玉菡	33	33	三（三）	三（三）
	佳蕙	贾宝玉之丫头	26	26	二（二）	二（二）
	侍书	贾探春之丫头	7	7	二（二）	二（二）
	侍座太监		17—18	18	三（四）	三（四）
	佩凤	贾珍之妾	63	63	一（一）	一（一）
	金氏	贾璜之妻	9	9	一（一）	一（一）
	金文翔	贾母之买办	46	46	二（二）（五）	二（二）（五）
	金文翔媳妇	贾母浆洗的头儿	46	46	二（二）（五）	二（二）（五）
	金钏儿（见白金钏）					
	金荣	贾璜内侄	9	9	一（四）	一（四）
	金鸳鸯（鸳鸯）	贾母之丫头	20	20	二（二）（五）	二（二）（五）
	金鸳鸯之姐		72	72	二（五）	二（五）
	金彩	金鸳鸯之父，为荣国府在南京看房子	46	46	二（二）（五）	二（二）（五）

笔画	姓　　名	人物之间的关系	在书中首次出现的回目		在人物表中的位置	
			庚辰本	程乙本	庚辰本表	程乙本表
八画	金彩之妻	为荣国府在南京看房子	46	46	二(二)(五)	二(二)(五)
	周二爷	江西粮道幕僚	○	99	○	三(六)
	周大娘	只知是荣府三个周大娘之二,一为周瑞家的	6	○	二(四)	○
	周大娘	只知是荣府三个周大娘之三	6	○	二(四)	○
	周太监		72	72	三(四)	三(四)
	周氏(程乙作杨氏)	贾芹之母	23	23	一(一)	一(一)
	周奶奶	只知是荣府两个周奶奶之一	6	○	二(四)	○
	周奶奶	只知是荣府两个周奶奶之二	6	○	二(四)	○
	周奶妈	史湘云之乳母	21	31	二(二)	二(二)
	周妈妈	贾巧姐丈夫之母	○	119	○	一(四)
	周贵人(程乙作周贵妃)		16	16	三(一)	三(一)
	周贵人之父		16	16	三(二)	三(二)
	周贵妃(见周贵人)					
	周姨娘	贾政之妾	25	25	一(一)	一(一)
	周琼	贾探春丈夫之父	○	99	○	一(四)(六)

笔画	姓　名	人物之间的关系	在书中首次出现的回目		在人物表中的位置	
			庚辰本	程乙本	庚辰本表	程乙本表
八画	周琼之子	贾探春之夫	○	99	○	一(一)(四)
	周琼之妻	贾探春丈夫之母	○	104	○	一(四)
	周富户	贾巧姐丈夫之父	○	119	○	一(四)
	周富户之子	贾巧姐之夫	○	119	○	一(一)(四)
	周瑞	王夫人之陪房,管春秋两季地租	6	6	二(二)(五)	二(二)(五)
	周瑞之女	冷子兴之妻	7	7	二(五),三(十四)	二(五),三(十六)
	周瑞之子		45	45	二(五)	二(五)
	周瑞家的	王夫人之陪房	6	6	二(二)(五)	二(二)(五)
	京外某县知县	这里的衙役曾抓走郝家庄给荣府送地租的车	○	93	○	三(三)
	京营节度使	曾参与处理薛蟠打死张三案	○	99	○	三(三)
	炒豆儿	尤氏之丫头	75	○	二(一)	○
	净虚(程乙作静虚)	水月庵姑子	7	7	三(二十五)	三(二十八)
	法官乙	贾赦请他到大观园中驱邪	○	102	○	三(二十九)
	法官丙	贾赦请他到大观园中驱邪	○	102	○	三(二十九)
	法官甲	贾赦请他到大观园中驱邪	○	102	○	三(二十九)
	郑华家的	王夫人之陪房	74	74	二(二)	二(二)

182

186

笔画	姓　　名	人物之间的关系	在书中首次出现的回目		在人物表中的位置	
			庚辰本	程乙本	庚辰本表	程乙本表
八画	郑好时媳妇	荣国府全家合用女仆	34	34	二（二）	二（二）
	单大良	荣国府全家合用男仆	54	○	二（二）	○
	单大娘	单大良之妻，荣国府管事的头脑	56	56	二（二）	二（二）
	单聘仁	清客	8	8	三（十九）	三（二十）
	宝官	大观园专用女戏子	30	30	二（二）	二（二）
	宝珠	秦可卿之丫头	13	13	二（一）	二（一）
	宝蟾	夏金桂之丫头，后给薛蟠作妾	80	80	一（一）	一（一）
	定儿（见篆儿）	贾宝玉之丫头				
	定城侯		14	14	三（三）	三（三）
	空空道人	神人仙子	1	1	三（二十九）	三（三十二）
	居民乙	曾评论贾府被抄家的情况	○	107	○	三（九）
	居民甲	曾评论贾府被抄家的情况	○	107	○	三（九）
九画	珍珠（贾宝玉房）	见花袭人				
	珍珠	贾母之丫头	29	29	二（二）	二（二）
	玻璃	贾母之丫头	59	59	二（二）	二（二）
	春纤	林黛玉之丫头	29	34	二（二）	二（二）
	春燕（小燕）	贾宝玉之丫头	59	59	二（二）（五）	二（二）（五）
	栊翠庵女尼	伏侍妙玉	○	87	○	二（二）
	栊翠庵道婆	伏侍妙玉	41	41	二（二）	二（二）

笔画	姓　　名	人物之间的关系	在书中首次出现的回目		在人物表中的位置	
			庚辰本	程乙本	庚辰本表	程乙本表
九画	柳五儿	贾宝玉之丫头（程乙）	60	60	二(二)(五)	二(二)(五)
	柳五儿之父		○	60	○	二(五)
	柳芳	柳彪之孙,现袭一等子	14	14	三(三)	三(三)
	柳家媳妇	柳五儿之母,大观园厨子	60	60	二(二)(五)	二(二)(五)
	柳家媳妇之妹	大观园女仆	73	73	二(二)(五)	二(二)(五)
	柳家媳妇娘家之兄		60	60	二(五)	二(五)
	柳家媳妇娘家之侄		60	60	二(五)	二(五)
	柳家媳妇娘家之嫂		60	60	二(五)	二(五)
	柳彪	理国公	14	14	三(三)	三(三)
	柳湘莲	世家子弟	47	47	三(三)	三(三)
	柳湘莲之姑母		66	66	三(三)	三(三)
	胡氏	贾璜内嫂	10	10	一(四)	一(四)
	胡氏(见许氏)	贾蓉之继配				
	胡老爷	净虚(程乙作静虚)曾为他家念《血盆经》	15	15	三(三)	三(三)
	胡老爷	贾蓉继配胡氏之父	○	92	○	一(四)(六)
	胡君荣	医生	51	51	三(十二)	三(十三)
	胡思来(程乙作胡斯来)	清客	26	26	三(十九)	三(二十)

184

188

笔画	姓　　名	人物之间的关系	在书中首次出现的回目		在人物表中的位置	
			庚辰本	程乙本	庚辰本表	程乙本表
九画	封肃	封氏之父,甄费之岳父	1	1	一(四)	一(四)
	封氏	甄费之妻	1	1	一(四)	一(四)
	南边先生	有人曾推荐他给贾府当塾师	○	81	○	三(十一)
	南安郡王		11	11	三(三)	三(三)
	南安郡王之孙		14	14	三(三)	三(三)
	南安郡王太妃		25	25	三(三)	三(三)
	南安郡王妃		71	71	三(三)	三(三)
	茜雪	贾宝玉之丫头	7	7	二(二)	二(二)
	茗烟(庚辰本。见叶茗烟)					
	茗烟(程乙本。见叶焙茗)					
	茫茫大士	神人仙子	1	1	三(二十九)	三(三十二)
	药官(见茹官)					
	(老)赵	户部堂官	13	13	三(三)	三(三)
	赵天栋	赵嬷嬷之次子	16	16	二(五)	二(五)
	赵天梁	赵嬷嬷之长子	16	16	二(五)	二(五)
	赵奶妈	贾宝玉之奶妈	62	○	二(二)(五)	○
	赵全	锦衣府堂官,曾去查抄贾赦家产	○	105	○	三(三)
	赵亦华	贾宝玉之男仆	52	52	二(二)(五)	二(二)
	赵国基	贾环之男仆,赵姨娘娘家之弟	55	55	一(四),二(二)	一(四),二(二)
	赵侍郎	贾府到清虚观打醮,他家曾送礼	29	29	三(三)	三(三)

笔画	姓　　名	人物之间的关系	在书中首次出现的回目		在人物表中的位置	
			庚辰本	程乙本	庚辰本表	程乙本表
九画	赵姨娘	贾政之妾	2	2	一(一)(四)	一(一)(四)
	赵嬷嬷	贾琏之乳母	16	16	二(二)(五)	二(二)(五)
	拴儿	贾赦之男仆	○	102	○	二(二)
	挑云	贾宝玉之小厮	24	○	二(二)	○
	临安伯	曾请贾赦等吃酒	○	93	○	三(三)
	临安伯老太太	荣府曾给她送寿礼	7	7	三(三)	三(三)
	临昌伯诰命		71	71	三(三)	三(三)
	昭儿	贾琏之小厮	14	14	二(二)	二(二)
	昭容		17—18	18	三(五)	三(五)
	秋纹	贾宝玉之丫头	20	5	二(二)	二(二)
	秋桐	原为贾赦丫头,后赏与贾琏为妾	69	69	一(一)	一(一)
	秋菱(见甄英莲)					
	钦命大人	到贾府颁赏恩旨	○	119	○	三(三)
	香怜	贾府义学学生	9	9	三(十一)	三(十二)
	香菱(见甄英莲)					
	钟情大士	神人仙子	5	5	三(二十九)	三(三十二)
	保宁侯之子	王子腾之婿	70	70	一(一)	一(一)
	侯孝康	侯晓明之孙,世袭一等子	14	14	三(三)	三(三)
	侯晓明	修国公	14	14	三(三)	三(三)
	皇太后		16	16	三(一)	三(一)
	皇帝		2	2	三(一)	三(一)
	俞禄	宁国府小管家	64	64	二(一)	二(一)
	度恨菩提	神人仙子	5	5	三(二十九)	三(三十二)

186

笔画	姓名	人物之间的关系	在书中首次出现的回目		在人物表中的位置	
			庚辰本	程乙本	庚辰本表	程乙本表
九画	娄氏	贾菌之母	9	○	一(一)	○
	娄氏	贾蓝之母	○	53	○	一(一)
	送玉人	贾宝玉失玉后，来送假玉的人	○	95	○	三(二十四)
	神瑛侍者	神人仙子	1	1	三(二十九)	三(三十二)
	(老)祝妈	大观园管竹子	56	56	二(二)(五)	二(二)(五)
	(老)祝妈之子		56	56	二(五)	二(五)
	(老)祝妈之夫		56	56	二(五)	二(五)
	费大娘	邢夫人之陪房	71	71	二(二)(五)	(二)二(五)
	费大娘儿媳之妹		71	71	二(五)	二(五)
	费大娘之子		71	71	二(五)	二(五)
	费大娘之媳		71	71	二(五)	二(五)
	费大娘之亲家母	大观园值夜班	71	71	二(二)(五)	二(二)(五)
	娇红	贾赦之姜	70	○	一(一)	○
	娇杏	初为封氏丫头,后为贾化(雨村)之妾,后又扶正	1	1	一(一)	一(一)
十画	绛珠仙子	神人仙子	1	1	三(二十九)	三(三十二)
	素云	李纨之丫头	29	29	二(二)	二(二)
	秦可卿	秦业(程乙作秦邦业)之养女,贾蓉之妻	5	5	一(一)(四)(五)	一(一)(四)(五)
	秦业(程乙作秦邦业)	秦可卿之养父	7	7	一(四)(六)	一(四)(六)

187

191

笔画	姓　名	人物之间的关系	在书中首次出现的回目		在人物表中的位置	
			庚辰本	程乙本	庚辰本表	程乙本表
十画	秦业(程乙作秦邦业)之养子		8	8	一(四)	一(四)
	秦业(程乙作秦邦业)夫人	秦可卿之养母	8	8	一(四)	一(四)
	秦司棋(司棋)	贾迎春之丫头	7	7	二(二)(五)	二(二)(五)
	秦司棋之父	贾赦之男仆	61	61	二(二)(五)	二(二)(五)
	秦司棋之母	贾赦之女仆	61	92	二(二)(五)	二(二)(五)
	秦司棋之姑		74	74	二(五)	二(五)
	秦邦业(见秦业)					
	秦邦业之养子(见秦业之养子)					
	秦邦业夫人(见秦业夫人)					
	秦显	贾政之男仆	61	61	二(二)(五)	二(二)(五)
	秦显家的	秦司棋之婶,大观园里东南角子上夜的	61	61	二(二)(五)	二(二)(五)
	秦钟(字鲸卿)	秦业(程乙作秦邦业)之次子	5	5	一(四)	一(四)
	莲花儿	贾迎春之丫头	61	61	二(二)	二(二)
	莺儿(见黄金莺)					
	贾元春	贾政之长女	2	2	一(一)(五)(六),三(一)	一(一)(六),三(一)

188

192

笔画	姓 名	人物之间的关系	在书中首次出现的回目		在人物表中的位置	
			庚辰本	程乙本	庚辰本表	程乙本表
十画	贾化(字时飞,号雨村)	与贾家联宗	1	1	一(三)(六)	一(三)(六)
	贾化	太师镇国公	○	101	○	三(三)
	贾化(雨村)之子		2	2	一(三)	一(三)
	贾化(雨村)嫡配		2	2	一(三)	一(三)
	贾巧姐	贾琏之女	6	6	一(一)(五)	一(一)(四)
	贾巧姐之二舅	王熙凤之二兄	○	114	○	一(一)
	贾巧姐之奶妈(程乙作李妈)		7	7	二(二)	二(二)
	贾四姐	贾琼之妹	71	71	一(二)	一(二)
	贾代化	贾演之长子	2	2	一(一)(六)	一(一)(六)
	贾代修	贾府近支族人	13	13	一(二)	一(二)
	贾代善	贾源之长子	2	2	一(一)(六)	一(一)(六)
	贾代儒	贾府近支族人	8	8	一(二)	一(二)
	贾代儒之妻	贾府近支族人	12	12	一(二)	一(二)
	贾兰	贾珠之子	2	2	一(一)	一(一)(六)
	贾兰之奶母		78	78	二(二)	二(二)
	贾母	史侯之女,贾代善之妻	2	2	一(一)	一(一)
	贾母之祖父		○	109	○	一(一)
	贾芝	贾府近支族人	13	13	一(二)	一(二)
	贾芸	贾源之玄孙	13	13	一(一)	一(一)
	贾芸之父	贾源之曾孙	24	24	一(一)	一(一)
	贾芷	贾源之玄孙	53	53	一(一)	一(一)

189

193

笔画	姓　名	人物之间的关系	在书中首次出现的回目		在人物表中的位置	
			庚辰本	程乙本	庚辰本表	程乙本表
十画	贾芹	贾源之玄孙	13	13	一(一)	一(一)
	贾芬	贾府近支族人	13	13	一(二)	一(二)
	贾芳	贾府近支族人	13	13	一(二)	一(二)
	贾迎春(号菱洲)	贾赦之女	2	2	一(一)(五)	一(一)(四)
	贾迎春之母	贾赦之妾	2	2	一(一)	一(一)
	贾迎春之陪嫁婆子		○	109	○	二(二)
	贾迎春之乳母		73	73	二(二)(五)	二(二)(五)
	贾环	贾政之三子	2	2	一(一)	一(一)
	贾范	世袭三等职衔	○	101	○	三(三)
	贾宝玉(初号绛洞花主,后号怡红公子)	贾政之次子	2	2	一(一)	一(一)(六)
	贾珍	贾敬之子	2	2	一(一)(六)	一(一)(六)
	贾政(字存周)	贾代善之次子	2	2	一(一)(六)	一(一)(六)
	贾荇	贾源之玄孙	53	53	一(一)	一(一)
	贾珖	贾府近支族人	13	13	一(二)	一(二)
	贾珠	贾政之长子	2	2	一(一)	一(一)
	贾珩	贾府近支族人	13	13	一(二)	一(二)
	贾效	贾府近支族人	13	13	一(二)	一(二)
	贾琏	贾赦之长子	2	2	一(一)(六)	一(一)(六)
	贾赦(字恩侯)	贾代善之长子	2	2	一(一)(六)	一(一)(六)
	贾敕	贾府近支族人	13	13	一(二)	一(二)
	贾菱	贾源之玄孙	13	13	一(一)	一(一)

190

194

笔画	姓　　名	人物之间的关系	在书中首次出现的回目		在人物表中的位置	
			庚辰本	程乙本	庚辰本表	程乙本表
十画	贾菖	贾源之玄孙	13	13	一（一）	一（一）
	贾菌	贾源近派之重孙	9	9	一（一）	一（一）
	贾菌之母		○	9	○	一（一）
	贾萍	贾府近支族人	13	13	一（二）	一（二）
	贾探春（号蕉下客）	贾政之次女	2	2	一（一）（五）	一（一）（四）
	贾敏	贾代善之四女	2	2	一（一）（四）	一（一）（四）
	贾敏之二姐	贾代善之次女	2	2	一（一）	一（一）
	贾敏之三姐	贾代善之三女	2	2	一（一）	一（一）
	贾敏之大姐	贾代善之长女	2	2	一（一）	一（一）
	贾惜春（号藕榭）	贾敬之女	2	2	一（一）（五）	一（一）
	贾琼	贾府近支族人	13	13	一（二）	一（二）
	贾琼之母	贾府近支族人	71	71	一（二）	一（二）
	贾琮	贾赦之次子	13	13	一（一）	一（一）
	贾琛	贾府近支族人	13	13	一（二）	一（二）
	贾敬	贾代化之次子	2	2	一（一）（六）	一（一）（六）
	贾喜鸾	贾瑚之妹	71	71	一（二）	一（二）
	贾敦	贾府近支族人	13	13	一（二）	一（二）
	贾瑞（字天祥）	贾代儒之孙	9	9	一（二）	一（二）
	贾瑞之父	贾代儒之子	12	12	一（二）	一（二）
	贾瑞之母	贾代儒之媳	12	12	一（二）	一（二）
	贾瑚	贾府近支族人	13	13	一（二）	一（二）
	贾瑚之母	贾府近支族人	13	13	一（二）	一（二）
	贾蓁	贾府近支族人	13	13	一（二）	一（二）

笔画	姓　名	人物之间的关系	在书中首次出现的回目		在人物表中的位置	
			庚辰本	程乙本	庚辰本表	程乙本表
十画	贾蓝	贾演之正派玄孙	○	9	○	一(一)
	贾蓉	贾珍之子	2	2	一(一)(六)	一(一)(六)
	贾蓉之母	贾珍之妻	68	68	一(一)	一(一)
	贾源	贾演之弟	2	2	一(一)(六)	一(一)(六)
	贾蔷	贾演之正派玄孙	9	9	一(一)	一(一)
	贾蔷之父		9	9	一(一)	一(一)
	贾蔷之母		9	9	一(一)	一(一)
	贾演	宁国公	2	2	一(一)(六)	一(一)(六)
	贾璜	贾演之曾孙	9	9	一(一)	一(一)
	贾瑷	贾府近支族人	63	63	一(二)	一(二)
	贾敷	贾代化之长子	2	2	一(一)	一(一)
	贾璘	贾府近支族人	13	13	一(二)	一(二)
	贾衡	贾府近支族人	13	13	一(二)	一(二)
	贾藻	贾府近支族人	13	13	一(二)	一(二)
	真真国女儿		52	52	三(二十八)	三(三十一)
	夏三	夏金桂娘家过继兄弟	○	91	○	一(四)
	夏太爷	夏金桂之父	79	79	一(四)	一(四)
	夏奶奶	夏金桂之母	79	79	一(四)	一(四)
	夏守忠(程乙作夏秉忠)	六宫都太监	16	16	三(四)	三(四)
	夏忠	太监	23	23	三(四)	三(四)
	夏秉忠(见夏守忠)					
	夏金桂	薛蟠之妻	79	79	一(一)(四)	一(一)(四)

笔画	姓　名	人物之间的关系	在书中首次出现的回目		在人物表中的位置	
			庚辰本	程乙本	庚辰本表	程乙本表
十画	夏婆子	怡红院何妈之姐，初到梨香院照顾女戏子，后到大观园后门上	58	58	二(二)(五)	二(二)(五)
	圆心(程乙作圆信)	地藏庵姑子	77	77	三(二十五)	三(二十八)
	圆信(见圆心)					
	钱升(见钱启)					
	钱华	荣国府买办	8	8	二(二)	二(二)
	钱启(程乙作钱升)	贾宝玉之男仆	52	52	二(二)	二(二)
	钱槐	赵姨娘之内侄，贾环之小厮	60	60	二(二)(五)	二(二)(五)
	钱槐之父	荣国府库上管帐	60	60	二(二)(五)	二(二)(五)
	钱槐之母	荣国府全家合用奴仆	60	60	二(二)(五)	二(二)(五)
	倪二(绰号醉金刚)	泼皮	24	24	三(二十一)	三(二十四)
	倪二之女		24	24	三(二十一)	三(二十四)
	倪二娘子		24	24	三(二十一)	三(二十四)
	鸳鸯(见金鸳鸯)					
	兼美	神人仙子	5	5	三(二十九)	三(三十二)
	通事官(程乙作通官)	翻译官	52	52	三(二十八)	三(三十一)
	通官(见通事官)					
	绣凤	王夫人之丫头	23	23	二(二)	二(二)
	绣桔	贾迎春之丫头	29	29	二(二)	二(二)

193

笔画	姓　　名	人物之间的关系	在书中首次出现的回目		在人物表中的位置	
			庚辰本	程乙本	庚辰本表	程乙本表
十画	绣鸾	王夫人之丫头	23	23	二(二)	二(二)
十一画	梅翰林	薛宝琴丈夫之父	49	49	一(四)	一(四)
	梅翰林之子	薛宝琴之夫	49	49	一(一)(四)	一(一)(四)
	莳官(程乙作药官)	大观园专用女戏子	58	36	二(二)	二(二)
	营官	荣府被盗,查勘贼踪	○	110	○	三(三)
	黄金莺(莺儿)	薛宝钗之丫头	7	7	二(三)(五)	二(二)(五)
	黄金莺之母		56	56	二(五)	二(五)
	聋婆子		33	33	二(二)	二(二)
	袭人(见花袭人)					
	戚老三	襄阳侯之弟	13	13	三(三)	三(三)
	戚建辉	襄阳侯之孙,世袭二等男	14	14	三(三)	三(三)
	雪雁	林黛玉之丫头	3	3	二(二)	二(二)
	银蝶	尤氏之丫头	75	75	二(一)	二(一)
	偕鸾	贾珍之妾	63	63	一(一)	一(一)
	彩儿(见彩明)					
	彩儿(见彩屏)					
	彩云	王夫人之丫头	23	23	二(二)	二(二)
	彩凤	王夫人之丫头	○	23	○	二(二)
	彩明(彩儿)	贾琏之小厮	7	7	二(二)	二(二)
	彩屏(彩儿)	贾惜春之丫头	29	29	二(一)(五)	二(一)(五)
	彩屏(彩儿)的娘	大观园伺候的人	62	62	二(二)(五)	二(二)(五)

194

笔画	姓　名	人物之间的关系	在书中首次出现的回目		在人物表中的位置	
			庚辰本	程乙本	庚辰本表	程乙本表
十一画	彩鸾	王夫人之丫头	62	62	二(二)	二(二)
	彩嫔		17—18	18	三(五)	三(五)
	彩霞	王夫人之丫头	23	25	二(二)(五)	二(二)(五)
	彩霞之父		72	72	二(五)	二(五)
	彩霞之母		72	72	二(五)	二(五)
	清虚观小道士		29	29	三(二十六)	三(二十九)
	随侍太监		17—18	18	三(四)	三(四)
	隆儿	贾琏之小厮	65	65	二(二)	二(二)
	绮霞(见绮霰)					
	绮霰(程乙作绮霞)	贾宝玉之丫头	20	20	二(二)	二(二)
十二画	琥珀	贾母之丫头	20	20	二(二)	二(二)
	靓儿(见靛儿)					
	韩奇	锦乡伯之子	14	14	三(三)	三(三)
	葫芦庙和尚		1	1	三(二十四)	三(二十七)
	蒋子宁	平原侯之孙,世袭二等男	14	14	三(三)	三(三)
	蒋玉函(见蒋玉菡)					
	蒋玉菡(又名琪官,程乙菡作函)	花袭人之夫,艺人	28	28	三(十三)	二(五),三(十四)
	葵官(庚辰又名韦大英)	大观园专用女戏子	54	36	二(二)	二(二)
	喜儿(见同喜)					

195

199

笔画	姓　　名	人物之间的关系	在书中首次出现的回目		在人物表中的位置	
			庚辰本	程乙本	庚辰本表	程乙本表
十二画	喜儿	贾珍之小厮	65	65	二(一)	二(一)
	紫绡	贾宝玉之丫头	27	○	二(二)	○
	紫鹃(庚辰原名鹦哥)	林黛玉之丫头	8	8	二(二)	二(二)
	晴雯	贾宝玉之丫头	5	5	一(五),二(二)(五)	二(二)(五)
	景田侯		14	14	三(三)	三(三)
	黑儿		○	90	○	二(五)
	黑儿之母	大观园看守花果	○	90	○	二(二)(五)
	锄药	贾宝玉之小厮	9	9	二(二)	二(二)
	嵇好古	清客	○	86	○	三(二十)
	程日兴	清客	16	16	三(十九)	三(二十)
	智能	水月庵小姑子	7	7	三(二十五)	三(二十八)
	智通	水月庵姑子	77	77	三(二十五)	三(二十八)
	智通寺老僧		2	2	三(二十四)	三(二十七)
	智善	水月庵小姑子	15	15	三(二十五)	三(二十八)
	傅试	通判	35	35	三(三)	三(三)
	傅秋芳	傅试之妹	35	35	三(三)	三(三)
	傅家婆子乙	傅试家派往荣府请安	35	35	三(十七)	三(十八)
	傅家婆子甲	傅试家派往荣府请安	35	35	三(十七)	三(十八)
	焦大	宁国府全家合用男仆	7	7	二(一)	二(一)
	焙茗(庚辰本)	贾宝玉之小厮	24	○	二(二)	○

196

200

笔画	姓　名	人物之间的关系	在书中首次出现的回目		在人物表中的位置	
			庚辰本	程乙本	庚辰本表	程乙本表
十二画	焙茗（程乙本。见叶焙茗）					
	渺渺真人	神人仙子	1	1	三(二十九)	三(三十二)
	善姐	王熙凤之丫头	68	68	二(二)	二(二)
	谢鲲（见谢鲸）					
	谢鲸（程乙作谢鲲）	定城侯之孙,世袭二等男兼京营游击	14	14	三(三)	三(三)
	媚人	贾宝玉之丫头	5	○	二(二)	○
十三画	瑞珠	秦可卿之丫头	13	13	二(一)	二(一)
	赖二	宁国府大总管	7	7	二(一)(五)	二(一)(五)
	赖二之长子		○	16	○	二(五)
	赖二之次子		○	16	○	二(五)
	赖大	荣国府大总管	16	16	二(二)(五)	二(二)(五)
	赖大之母		43	43	二(五)	二(五)
	赖大家的	荣国府全家合用女仆	27	27	二(二)(五)	二(二)(五)
	赖升	宁国府全家合用男仆(程乙作都总管)	54	10	二(一)	二(一)
	赖升媳妇	宁国府全家合用女仆	○	14	○	二(一)
	赖老三	赖大之子	○	117	○	二(五)
	赖尚荣	赖大之子	45	45	二(五)	二(五)
	甄二姑娘	甄老爷(程乙作甄应嘉)之次女	56	56	三(三)	三(三)
	甄三姑娘	甄老爷(程乙作甄应嘉)之三女	56	56	三(三)	三(三)

197

笔画	姓　　名	人物之间的关系	在书中首次出现的回目		在人物表中的位置	
			庚辰本	程乙本	庚辰本表	程乙本表
十三画	甄大姑娘	甄老爷（程乙作甄应嘉）之长女	56	56	三(三)	三(三)
	甄太太	甄老爷（程乙作甄应嘉）之妻	56	56	三(三)	三(三)
	甄老太太	甄老爷（程乙作甄应嘉）之母	2	2	三(三)	三(三)
	甄老爷（程乙作甄应嘉，字友忠）	钦差金陵省体仁院总裁	2	2	三(三)	三(三)
	甄应嘉（见甄老爷）					
	甄英莲（香菱，秋菱）	薛蟠之丫头，后为妾，程乙后又扶正	1	1	一(一)(四)(五)	一(一)(四)
	甄英莲之奶母		1	1	三(十七)	三(十八)
	甄府女仆乙	甄老爷（程乙作甄应嘉）府中派往贾府送礼请安	56	56	三(十七)	三(十八)
	甄府女仆丁	甄老爷（程乙作甄应嘉）府中派往贾府送礼请安	56	56	三(十七)	三(十八)
	甄府女仆丙	甄老爷（程乙作甄应嘉）府中派往贾府送礼请安	56	56	三(十七)	三(十八)
	甄府女仆甲	甄老爷（程乙作甄应嘉）府中派往贾府送礼请安	56	56	三(十七)	三(十八)

198

202

笔画	姓　　名	人物之间的关系	在书中首次出现的回目		在人物表中的位置	
			庚辰本	程乙本	庚辰本表	程乙本表
十三画	甄宝玉	甄老爷（程乙作甄应嘉）之子，李绮之夫	2	2	三（三）	一（四），三（三）
	甄费（字士隐）	甄英莲之父	1	1	一（四）	一（四）
	甄家小童	甄费之男仆	1	1	三（十七）	三（十八）
	裘世安	总理内廷都检点太监	○	101	○	三（四）
	裘良	景田侯之孙，五城兵马司	14	14	三（三）	三（三）
	龄官（又名椿灵，程乙作椿龄）	大观园专用女戏子	18	18	二（二）	二（二）
	锦乡伯		14	14	三（三）	三（三）
	锦乡侯		13	13	三（三）	三（三）
	锦乡侯诰命		71	25	三（三）	三（三）
	锦田侯诰命		25	○	三（三）	○
	傻大姐	贾母之丫头	73	73	二（二）（五）	二（二）（五）
	傻大姐之母	贾母房浆洗衣服的	74	74	二（二）（五）	二（二）（五）
	鲍二	宁国府全家合用男仆（又曾为荣国府全家合用男仆）	44	44	二（一）	二（一）
	鲍二家的	宁国府全家合用女仆（又曾为荣国府全家合用女仆）	44	44	二（一）	二（一）
	鲍太医	医生	28	28	三（十二）	三（十三）
	鲍音	太师镇国公贾化家人	○	101	○	三（十八）

笔画	姓 名	人物之间的关系	在书中首次出现的回目		在人物表中的位置	
			庚辰本	程乙本	庚辰本表	程乙本表
十三画	詹光(字子亮)	清客	8	8	三(十九)	三(二十)
	詹会	江西粮道粮房书办	○	99	○	三(六)
	痴梦仙姑	神人仙子	5	5	三(二十九)	三(三十二)
十四画	静虚(见净虚)					
	碧月	李纨之丫头	29	29	二(二)	二(二)
	碧痕	贾宝玉之丫头	20	20	二(二)	二(二)
	翡翠	贾母之丫头	59	59	二(二)	二(二)
	蝉儿(见蝉姐儿)					
	蝉姐儿(蝉儿、小蝉)	贾探春之丫头	60	60	二(二)(五)	二(二)(五)
	算命的	贾母曾叫他算过元春的命	○	86	○	三(二十二)
	察院	张华曾往察院告贾琏	68	68	三(三)	三(三)
	嫣红	贾赦之妾	47	47	一(一)	一(一)
	翠云	贾赦之妾	74	74	一(一)	一(一)
	翠缕	史湘云之丫头	21	21	二(二)	二(二)
	翠墨	贾探春之丫头	29	29	二(二)	二(二)
	翠螺(见小螺)					
十五画	蕙香(见四儿)					
	蕊官	大观园专用女戏子	58	58	二(二)	二(二)
	蕊珠(见花袭人)					
	墨雨	贾宝玉之小厮	9	9	二(二)	二(二)

200

笔画	姓　名	人物之间的关系	在书中首次出现的回目		在人物表中的位置	
			庚辰本	程乙本	庚辰本表	程乙本表
十五画	镇国公诰命	牛清之妻	14	○	三(三)	○
	篆儿(程乙作定儿)	贾宝玉之丫头	52	52	二(二)	二(二)
	篆儿	邢岫烟之丫头	57	57	二(二)	二(三)
	潘又安	秦司棋之姑表兄弟,贾府之小厮	71	71	二(四)	二(四)
	潘又安之父		74	74	二(五)	二(五)
	潘三保	城市居民	○	81	○	三(九)
	鹤仙	大观园专用女道士之一	○	93	○	二(二)
	缮国公		14	14	三(三)	三(三)
	缮国公诰命		14	14	三(三)	三(三)
十六画	靛儿(程乙作靓儿)	贾母之丫头	30	30	二(二)	二(二)
	薛王氏(薛姨妈)	王夫人之妹	3	3	一(一)	一(一)
	薛宝钗(号蘅芜君)	薛王氏之女	4	4	一(一)(五)	一(一)
	薛宝琴	薛蝌之妹,梅翰林之媳	49	49	一(一)(四)	一(一)(四)
	薛宝琴之父		50	50	一(一)	一(一)
	薛宝琴之母		50	50	一(一)	一(一)
	薛家门上人		○	91	○	二(三)
	薛蝌	薛蟠之叔伯弟弟	49	49	一(一)	一(一)
	薛蟠(字文起)	薛王氏之子	3	3	一(一)	一(一)
	薛蟠之父		4	4	一(一)	一(一)
	霍启	甄费家人	1	1	三(十七)	三(二十四)
	臻儿	甄英莲之丫头	29	27	二(三)	二(三)

201

205

笔画	姓　名	人物之间的关系	在书中首次出现的回目		在人物表中的位置	
			庚辰本	程乙本	庚辰本表	程乙本表
十六画	鹦哥（庚辰本。见紫鹃）					
	鹦哥（程乙本）	林黛玉之丫头	○	3	○	二（二）
	鹦鹉	贾母之丫头	29	29	二（二）	二（二）
	穆莳	东安郡王	3	3	三（三）	三（三）
十七画	檀云	贾宝玉之丫头	24	24	二（二）	二（二）
	戴权	大明宫掌宫内相	13	13	三（四）	三（四）
	戴良	荣国府仓上的头目	8	8	二（二）	二（二）
	襄阳侯		13	13	三（三）	三（三）
十八画	藕官	大观园专用女戏子	58	58	二（二）	二（二）
十九画	警幻仙子	神人仙子	1	1	三（二十九）	三（三十二）
二十一画	麝月	贾宝玉之丫头	5	5	二（二）	二（二）

202

修订本后记

　　本书于 1986 年出版后,承蒙各方关怀,提出宝贵意见。其中,上海徐恭时、北京张宝诚等先生的意见,对书中的错误多有匡正,尤为感激。现在借着出修订本的机会,作了如下的改动。在庚辰本表中:(1)合并赖升、赖二、来升为一人;(2)增加贾琮之奶妈;(3)取消贾宝玉房里丫头中的金星、玻璃;(4)增加太妃;(5)程日兴由商贩改为清客。在程乙本表中:(1)合并赖升、赖二为一人;(2)增加贾琮之奶妈;(3)增加太妃;(4)增加临安伯;(5)程日兴由商贩改为清客。责任编辑任少东同志,为了此书出修订本,费尽心力,将使我永志不忘。

朱一玄

1994 年 12 月,83 岁

红楼梦人物谱

（修订版）

朱一玄　著

百花文艺出版社出版（天津市张自忠路 189 号）

天津新华印刷二厂印刷　新华书店总店北京发行所发行

开本 850×1168 毫米　1/32　印张 6½　插页 4　字数 150000

1997 年 8 月第 2 版　　1997 年 8 月第 1 次印刷

印数 1—6000

ISBN　7-5306-1883-0/I・1672　　　　定价：11.20 元